terre maya

terre maya

Texte de
Michel Butor

Photographies de Marco

casterman

Remerciements

Dr. Verena Frey,
Attila von Gyimes,
H. G. von Zydowitz
de Leica Camera GmbH

Delrue Thierry
Unicef Guatemala

Monique et Fito Bayens

M. Nick Bockland
M. Stuardo Samoyoa

M. René Molina
Museo Ixchel / Guatemala

M. Paul Vandermoere
Public Relations Manager / Lufthansa

Père Chanteau

Famille Van Geyt

M. et Mme Cranshoff-Michiels

Famille Schubert

M. Tasso Ougoudogu
Ambassade de France / Guatemala

Mme Evelyn Reyna Chacon

M. Robert Capelle
Ambassade de Belgique / Guatemala

Ainsi que tous les membres de
la Coopération belge et de
l'Ambassade de Belgique / Guatemala

Mme Elena Chincaro-Candiotte

Edition
Giampiero Caiti et Philippe Demoulin
Direction artistique
Jean-François Lejeune
Mise en page
Franca Scarito
Légendes des photographies
Marco

Le photographe et l'éditeur remercient
la société Lufthansa.

Crédits photographiques
P.6 : Museo Naval, Madrid.
P.10, 12, 13 : Archiv für Kunst und
Geschichte, Berlin.
P.14 (g.et d.), p.16 (a, b et c) :
Musée Barbier-Mueller, Genève ;
Pierre-Alain Ferrazzini.

Copyright © 1993 Casterman
ISBN 2-203-60206-6
0/3667

Je dédie ce livre à ma préférence,
Leni, et aux époux Pierlot,
ainsi qu'à tous les hommes de Maïs,
sans qui celui-ci n'eût pas existé.
Marco

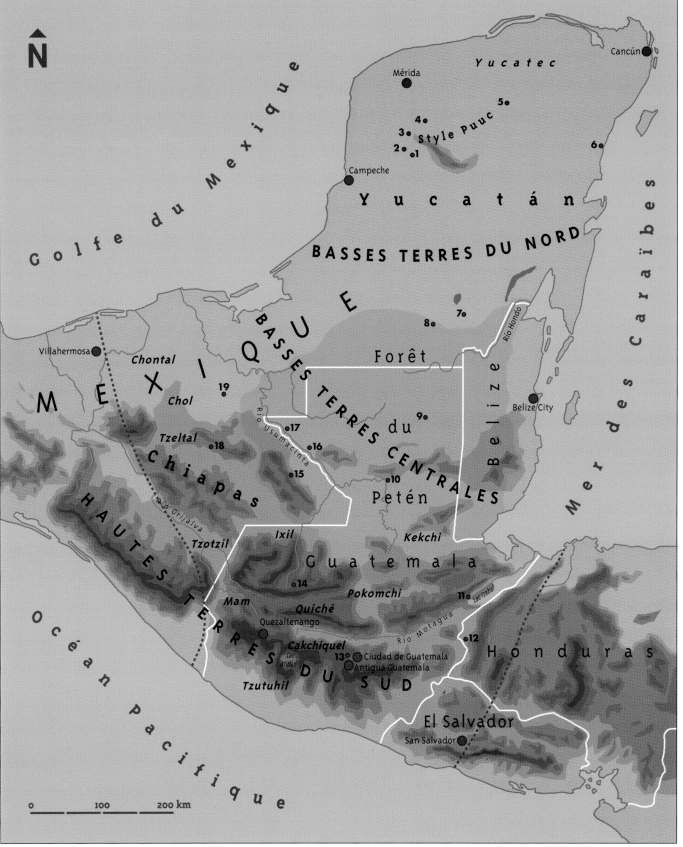

Ñ

Golfe du Mexique

Yucatec

Cancún

Mérida

5●

4●

3● Style Puuc

2●●1

6●

Campeche

Yucatán

BASSES TERRES DU NORD

7●

8●

Río Hondo

Forêt

Villahermosa

Chontal

MEXIQUE

Chol

19●

BASSES TERRES CENTRALES

Belize

Belize City

Río Usumacinta

17●

du

9●

Tzeltal

18●

16●

15●

10●

Petén

Río Grijalva

Chiapas

HAUTES

Ixil

Kekchi

Mer des Caraïbes

Tzotzil

Guatemala

14●

Pokomchi

11● Lac Izabal

Mam

Quiché

Quezaltenango

Cakchiquel

Lac Atitlán

13●○ Ciudad de Guatemala

Antiguá Guatemala

Río Motagua

12●

Honduras

TERRES DU SUD

Tzutuhil

Océan Pacifique

El Salvador

San Salvador

0   100   200 km

6

Frontières
internationales actuelles

....
Limites de l'aire Maya

Chontal
Principaux groupes
linguistiques mayas

● Villes actuelles

● Sites archéologiques

1 Labná

2 Sayil

3 Uxmal

4 Mayapán

5 Chichén Itzá

6 Tulum

7 Kohunlich

8 Río Bec

9 Tikal

10 Seibal

11 Quiriguá

12 Copán

13 Kaminaljuyú

14 Nebaj

15 Bonampak

16 Yaxchilan

17 Piedras Nigras

18 Toniná

19 Palenque

Cinq nations modernes se partagent aujourd'hui
l'ancienne Terre maya : Guatemala, Mexique, Belize,
El Salvador et Honduras. Les groupes maya n'ont
jamais été fraternellement unis, les cités-États
étaient en guerre perpétuelle. Mais ils partagent de
nombreux traits communs qui définissent leur civilisation. Premier d'entre tous : le maïs. Ils ont inventé
une écriture hiéroglyphique et un système numérique de vingt unités avec le zéro. Les astronomes
maya ont réalisé des mesures extrêment précises
et mis au point trois calendriers, les ingénieurs ont
construit d'extraordinaires monuments et découvert
la voûte à encorbellement. Le *Popol-Vuh*, recueil de
légendes mythologiques, est l'œuvre littéraire la
plus riche de la culture amérindienne.

Il faut distinguer trois régions maya : les hautes
terres du Sud (l'Altiplano humide qui va du Chiapas
mexicain au Salvador), les basses terres centrales
(autour de la forêt tropicale du Petén), les basses
terres du Nord (les savanes sèches du Yucatán).

Entre 90000 et 30000 avant J.-C., des groupes
humains venus d'Asie par le détroit de Behring, alors
recouvert par la banquise, occupèrent peu à peu tout
le continent américain. Entre 3000 et 1500 avant J.-C.,
des nomades commencèrent à s'installer dans les
futures hautes terres maya.

Entre le VIᵉ et le IIIᵉ siècles avant J.-C., les premiers
éléments de la culture maya apparaissent dans les
hautes terres, influencés par les Olmèques et Monte
Albán qui dominaient alors les territoires voisins.
C'est la *période préclassique*.

Vers 200 de notre ère jusqu'au VIᵉ siècle, Tikal
devient progressivement le centre du monde maya,
influencée par Teotihuacán, la grande puissance du
haut plateau mexicain.

Après une période de stagnation, le VIIᵉ siècle voit
l'éclosion de l'âge d'or *(période classique)* et la
multiplication des cités-États : Tikal, Palenque,
Bonampak, Copán, Labná, Sayil, Uxmal... Dès le
IXᵉ siècle, elles sont brutalement abandonnées. Avant
l'an mille, la grande civilisation maya s'est éteinte.
Le Yucatán, entre les XIᵉ et XIIᵉ siècles, connaît sous
l'impulsion toltèque une brève renaissance *(période
postclassique)* concentrée à Chichén Itzá, Mayapán,
Tulum, Uxmal.

A la fin du XIVᵉ siècle, les groupes maya sont divisés
et affaiblis ; ils seront colonisés par les Aztèques
(XVᵉ siècle) puis par les Espagnols (XVIᵉ siècle).

On compte aujourd'hui officiellement quatre
millions d'Indiens descendant des Maya. Ces chiffres
sont largement sous-estimés en raison de l'impréci-
sion des recensements, basés sur des critères linguistiques et du manque de collaboration de nombreux
Indiens qui restent d'une grande méfiance. On peut
distinguer une dizaine de groupes significatifs dis-
tribués sur l'ensemble du territoire maya et utilisant
majoritairement un des dialectes appartenant à la
famille des langues maya.

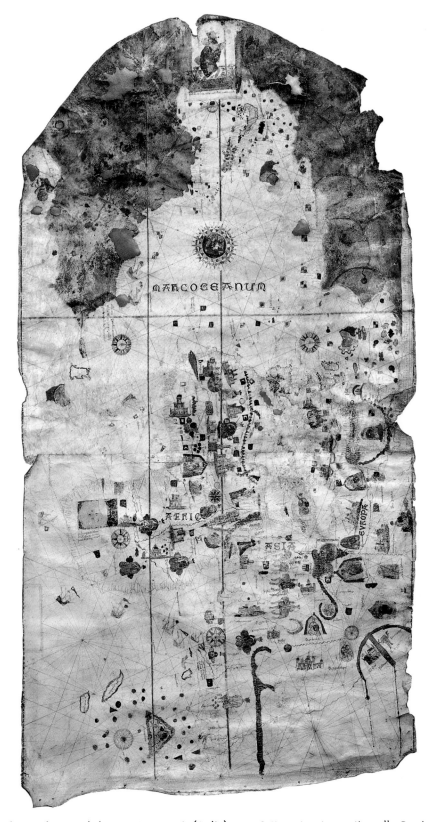

Carte marine du monde, Juan de la Cosa, Santa Maria (Cadix), 1500. Cette carte est exceptionnelle. Dessinée sur une peau de bœuf par le pilote de Christophe Colomb, elle reflète les connaissances de l'époque et les informations incom-plètes dont disposaient les premiers explorateurs. Si les proportions de l'Europe sont relativement fidèles, l'Amérique est démesurée et le profil des côtes, très personnel.

"Vue de Palenque" (détail), lithographie coloriée, d'après un dessin de Frederick Catherwood, 1844.

10

Palenque. Les cités-États connurent leur apogée entre le VIᵉ et le VIIIᵉ siècles de notre ère avant de disparaître, englouties par la forêt tropicale aux environs du Xᵉ siècle. Les archéologues n'ont pas encore élucidé le mystère de ce brusque déclin qui précéda l'arrivée des *conquistadores*. Le palais, que l'on voit ici depuis le temple des Inscriptions, est surmonté d'une tour, poste d'observation astronomique.

(Pages précédentes) La route qui relie Sololá et Quetzaltenango traverse le patchwork des terres indiennes. Le maïs tient une place essentielle dans l'équilibre économique et alimentaire de la région. Il est aussi au centre des mythes fondateurs...
"De maïs jaune et de maïs blanc fut faite la chair de la première mère et du premier père."
Les "hommes de maïs" n'ont pas usurpé leur nom.

En 1549, sept ans après le début de l'occupation espagnole du Yucatán, le père Diego di Landa est arrivé à Mérida, capitale de ce territoire, dont il devint évêque en 1572. En 1562, deux enfants christianisés découvrirent un temple secret où les Maya poursuivaient leurs cultes. Il en résulta une terrible répression. En particulier on alla par tous les moyens à la chasse aux anciens livres qui furent brûlés. Trois seulement ont échappé à cet autodafé. On les nomme *codex dresdensis,* à cause de la bibliothèque où il se trouve, *codex tro-cortesianus* à Madrid, et *codex peresianus* à Paris. On en a découvert deux autres lors de fouilles archéologiques, mais les infiltrations d'eau les ont scellés en blocs calcaires.

Ils disaient : "Nous peindrons ce qui fut avant l'arrivée des chrétiens ; nous le reproduirons parce que nous manque désormais *le Livre du Conseil* ; nous ne savons plus ce qui s'est passé lors de l'arrivée de cette lumière, lors de l'arrivée des gens d'outre-mer qui nous ont tirés de notre ombre ancienne. Voici donc le premier des livres, peint jadis, aujourd'hui caché à l'étudiant. Voici ce qu'on racontait sur la constitution de tous les coins du monde." Et c'est ce qu'on appelle aujourd'hui *le Livre du Conseil* rédigé en langue quiché mais en caractères européens par on ne sait qui au XVIe siècle au Guatemala.

C'était avant que le Génois Christophe Colomb parte à la recherche d'une nouvelle route pour les Indes, et qu'il soit tombé par erreur sur ce qui était pour nos ancêtres un nouveau monde.

En 1946, Carlos Frey, déserteur américain, objecteur de conscience, qui vit depuis deux ans avec les Indiens Lacandons chez qui il a pris femme, les accompagne lors de leur pèlerinage en pleine forêt dans un temple en ruine, et fait part de sa découverte au cinéaste Gilles Healy venu tourner un film documentaire dans la région. Son matériel d'éclairage lui permet de découvrir et de révéler les fresques de Bonampak, datées à peu près du VIIIe siècle après Jésus-Christ.

Aujourd'hui un groupe de quatre femmes vues de dos, en jupes bleu indigo traversées de fines rayures horizontales blanches, avec des corsages ouverts transparents blancs dont l'un est brodé de motifs pourpres, un autre d'un bouquet de toutes couleurs, sur lesquels tombent jusqu'à leur taille leurs lourds cheveux noirs tenus près de la nuque par une barrette, portant sur leur tête en s'aidant d'un bras, deux droits et deux gauches, de grands paniers chargés de touffes de menus chrysanthèmes jaunes, roses ou blancs. Deux ont les pieds nus ; les deux autres ont des sandales. Elles passent le long d'une maison blanchie avec des taches d'humidité près du sol, couverte d'un toit de tôle ondulée devant des bananiers dans l'ombre.

"Chichén Itzá, maison des Nonnes", lithographie coloriée, d'après un dessin de Frederick Catherwood, 1844.

Uxmal. La cité d'Uxmal ("Trois fois"), une des plus belles capitales maya, fut construite dans une large vallée qui s'étend à l'ombre des hautes collines qui délimitent la région Puuc. Le centre de la ville se compose de plusieurs édifices somptueusement décorés de mosaïques et de bas-reliefs caractéristiques de ce style régional. On voit ici un de ses éléments majeurs, le quadrilatère dit des Nonnes.

Chichén Itzá. Alors que la majorité des cités-États entraient peu à peu en décadence, l'arrivée de groupes toltèques à Chichén Itzá injecta dans toute la région du nord Yucatán une vitalité nouvelle. L'annexe E de l'édifice des Nonnes, antérieur à cet avènement, constitue un des plus beaux exemples du style Puuc.

12

"Uxmal, maison des Nonnes et pyramide du Devin",
lithographie coloriée, d'après un dessin
de Frederick Catherwood, 1844.

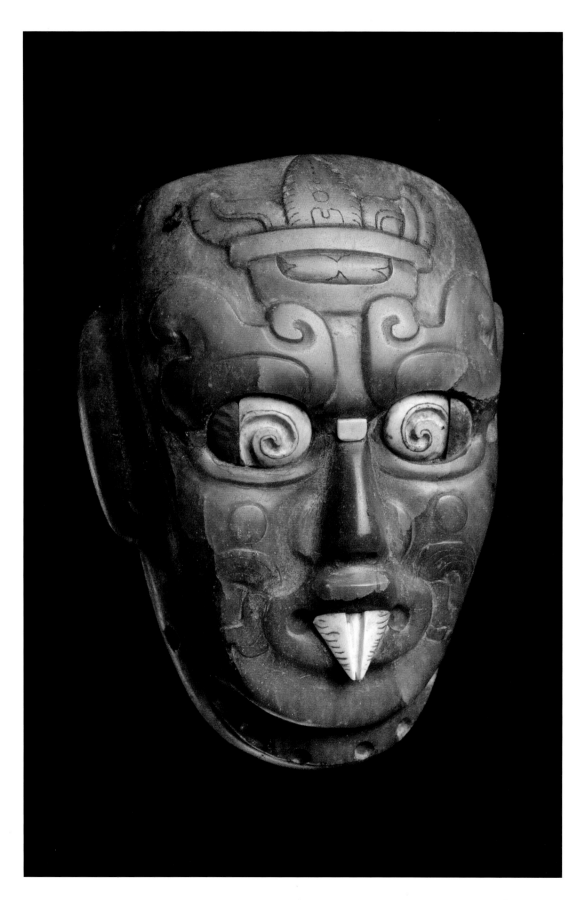

Masque funéraire en fuchsite verte. Les yeux spiralés, propres au dieu GI, et la langue sont figurés par des insertions de coquillages. Rio Azul, période classique, 400 à 500 de notre ère. H : 19,8 cm, musée Barbier-Mueller, Genève.

Visage d'homme barbu, terre cuite, fragment d'encensoir (?). Altar de Sacrificios, période classique tardive, 550 à 950 de notre ère. H : 25,5 cm, musée Barbier-Mueller, Genève.

Arrivant pour la première fois à Mexico, il y a quelques années, je fus accueilli par l'attaché culturel d'alors qui me demanda si je serais intéressé par une visite au Guatemala. Pourquoi pas? Bien sûr! La seule condition était que je reprenne l'avion dès le lendemain pour rester trois jours de l'autre côté de la frontière et revenir sans faute le quatrième pour participer à un déjeuner à l'ambassade.

Ils disaient: "En l'an 1541 ce fut la première arrivée des étrangers par la mer d'Orient. Quinze vingtaines d'années s'étaient écoulées depuis la destruction des Itzá. C'était après que la ville de Chichén Itzá fut dépeuplée comme la grande ville d'Uxmal et bien d'autres villes, et même cette ville d'Izamal où Ia descendit la fille du vrai dieu, seigneur du ciel, la reine, la vierge, la miraculeuse, la miséricordieuse. Et à sa venue on déclara que les dieux d'antan étaient vains." Selon le *Livre* du Savant Devin de Chumayel écrit à la fin du XVIᵉ siècle.

C'était avant que le Corse Napoléon Bonaparte, devenu empereur des Français, essaie d'imposer son frère Joseph comme roi d'Espagne et des Nouvelles Indes, et que le prêtre Michel Hidalgo ait décidé de chasser les Espagnols tout en restant fidèle à leur roi, et de supprimer l'esclavage.

Peu après avoir quitté la piste d'atterrissage à Tikal, vous vous enfoncerez dans le parc forestier. Cinq minutes après l'auberge vous prendrez à droite et vous remarquerez, sur une vaste esplanade d'environ deux hectares, deux pyramides jumelles avec plate-forme supérieure dépourvue de temple, accessible par quatre escaliers. On connaît six autres ensembles du même type sur le site, érigés semble-t-il au début de chaque nouveau vingténaire, comme paraissent le montrer les dates inscrites sur les stèles qui les décorent. Après avoir dépassé un second de ces ensembles, vous prenez une chaussée de 350 mètres, autrefois pavée et flanquée de parapets. Vous contournerez l'acropole nord et arriverez, au bout d'une centaine de mètres sur la droite, à la place de l'Ouest.

Aujourd'hui un homme à traits creusés, à fine moustache, qui nous regarde fixement, les jambes nues jusqu'aux genoux, les cuisses couvertes par sa veste noire d'où sortent les manches de sa chemise blanche et ses mains nouées qui tiennent délicatement une canne de bois à double bout doré, munie d'un anneau d'où tombent des flots de rubans bleus et jaunes. Une écharpe rouge tortillée autour du cou avec des bordures blanches, et un chapeau de paille à larges bords d'où pendent des rubans semblables mais plus courts, devant un mur de terre craquelée.

Vase tripode cylindrique en terre cuite orné de deux panneaux analogues figurant deux personnages à hautes coiffures et ornements spiralés. Guatemala, période classique tardive, 500 à 950 de notre ère. H : 25 cm, musée Barbier-Mueller, Genève.

Vase en terre cuite polychrome figurant un personnage assis, glyphes au verso. Guatemala, période classique tardive, 500 à 950 de notre ère. H : 28,8 cm, musée Barbier-Mueller, Genève.

Encensoir à copal, cylindrique, à triple mascaron. Le personnage de la partie inférieure est en position d'offrande, le visage de la partie centrale a les yeux spiralés du dieu GI. Palenque, période classique tardive, 500 à 950 de notre ère. H : 45,5 cm, musée Barbier-Mueller, Genève.

Tikal. Ces poutres en bois de *zapote* (sapotillier)
soutenaient le linteau de la porte centrale
du temple du Grand Jaguar. Les gravures représentent
un souverain enlacé par le serpent bicéphale. Le bois
de *zapote* fut choisi par les Maya pour sa dureté
et sa grande résistance. Des mesures au carbone 14
de fragments du linteau ont permis de dater
la construction du temple : environ 700 de notre ère,
l'âge d'or maya.

(page suivante)
Nebaj. Pour la fête annuelle du 15 août,
en l'honneur de la *Virgen del Tránsito*
qui facilite le passage dans l'au-delà,
une villageoise arbore une de ces coiffes tissées
qui font la réputation du *pueblo*.

En 1566, Diego di Landa rédigea sa *Relation des choses du Yucatán,* dans laquelle, songeant aux problèmes des confesseurs, il révèle un certain nombre des secrets qu'il avait découverts. Ce manuscrit destiné à un usage purement ecclésiastique, et resté secret pendant trois siècles, a été découvert dans la Bibliothèque royale de Madrid et publié pour la première fois à Paris en 1864 par l'abbé aventurier archéologue Brasseur de Bourbourg, avec traduction française en regard. Il donne en particulier la clef des hiéroglyphes concernant le calendrier, ce qui a permis le déchiffrement des stèles et de certaines parties des manuscrits anciens. Le reste nous en est pour l'instant complètement obscur.

Ils disaient, selon *le Livre du Conseil* : "Voici le récit de comment tout était en suspens, tout était calme, immobile, paisible, silencieux ; tout était vide au ciel et sur la terre. Voici la première histoire et description. Il n'y avait pas un seul homme, ni animal, oiseau, poisson, écrevisse, bois, pierre, caverne, ravin, herbe, forêt. Il n'y avait que le ciel et la mer, sans la moindre terre. Seulement l'immobilité, le silence dans les ténèbres et la nuit. Mais le constructeur, le formateur, le dominateur, le puissant du ciel, l'enfanteur, l'engendreur étaient sur l'eau dans une lumière de plumes vertes. Ce sont les sages des sages. "

C'était avant qu' Amerigo Vespucci ait donné son nom au monde très ancien découvert par Christophe Colomb et que Jeronimo de Aguilar, naufragé sur l'île de Cozumel, apprenne une langue maya.

Sur le mur à gauche en entrant dans la première salle du temple de Bonampak, deux files de cinq et sept personnages convergent vers un couple. Tous portent de longues et fines capes blanches, décorées de coquillages, et semblent tenir un conseil. A droite en haut, un seigneur est assis sur un trône, entre deux dames. Un serviteur porte un enfant. Trois courtisans se parent de peaux de jaguars, bracelets, colliers et perles de jade.

Aujourd'hui, dans le creux d'une sorte de nappe à carreaux étalée sur ses genoux, elle lisse le col d'une jarre d'argile. Des fragments s'accumulent entre ses jambes derrière d'autres jarres prêtes pour la cuisson. Elle porte sur l'index de sa main droite une sorte de doigt de gant pour lisser le bord. Un foulard enveloppe la tête, noué par derrière. Les yeux se tendent pour regarder au loin sans doute quelque bannière, un épi de maïs, quelques cailloux, une jarre, des chaises à siège de bois couchées sur le sol ; un châle blanc à grandes franges tressées tombe au long d'un tronc qui termine une cloison.

19

Nebaj. Même s'il est particulièrement bien adapté
au mode de vie des Indiens, le *huipil* est bien plus
qu'un vêtement. Son tissage est un travail sacré
qui se transmet de mère en fille. Les broderies racontent
les histoires des hommes et des villages, afin que nul
ne les oublie. Les motifs reprennent toute la cosmogonie
maya, le soleil qui ordonne tout l'univers :
champs et récoltes, pluies et nuages, jusqu'aux grains
de maïs et aux bénéfiques crapauds...

Nebaj. La déesse Ixchel, protectrice des tisserandes,
risque le chômage. L'irruption des laines synthétiques
et des teintures artificielles, importées massivement
de l'étranger, concurrence les produits locaux
et naturels pénalisés par l'inflation nationale.

22

Nebaj. La population indienne du Guatemala, composée essentiellement de paysans, est estimée aujourd'hui à quatre millions de personnes environ, soit un peu plus de la moitié de la population totale. Face au monde *ladino* de culture hispanique, qui détient tous les pouvoirs et gère la société, les *Indios* proclament leurs singularités : dialectes, costumes traditionnels, croyances...

23

Nebaj. Les jeunes Indiens cèdent à l'omniprésence
du goût occidental. Dans l'espoir, souvent déçu,
de s'intégrer, ils adoptent *jean* et *tee-shirt*
et abandonnent l'élégance raffinée
des merveilleux costumes de leurs grands-pères.

(Pages suivantes) Nebaj. La danse de la Conquista
relate la conquête du Guatemala par Don Pedro
de Alvarado, et plus précisément, la défaite,
le 20 février 1524 près de Xela-Ju (Quetzaltenango),
des 8400 hommes de l'armée quiché et la mort de
leur chef, le jeune roi Tecun Uman.
Alvarado défit une à une toutes les principales
tribus maya pour conquérir, en moins de six ans,
l'ensemble de leurs territoires.

Chichén Itzá. Il faut gravir 364 marches plus celle de
l'autel — autant que les 365 jours de l'année solaire —
pour atteindre le sommet de la pyramide de Kukulkán,
dite aussi El Castillo, et admirer ce site grandiose.

Selon la légende, Chichén Itzá, "Le puits des Itzá" aurait été fondé
vers 440 de notre ère autour de plusieurs *cenotes*. Ces puits naturels
étaient les seules sources d'eau de cette région désertique.
La ville aurait été occupée irrégulièrement par un peuple mystérieux,
en maya *itzá* signifie "l'étranger". La légende raconte que bien des
années plus tard (vers 987) des Toltèques, conduits par le roi de Tula :
Quetzalcóatl ("Serpent à plumes de quetzal"), apportèrent à la cité une
force nouvelle. Sous le règne de Kukulkán (traduction de Quetzalcóatl),
la cité fut le point de départ d'une renaissance maya.

A mon arrivée à Guatemala City, l'attaché culturel en ce pays m'annonça qu'il avait pu me retenir des places d'avion pour aller à Tikal du matin au soir. Ce fut un éblouissement. Jamais je ne m'étais imaginé, partant de France, que j'aurais la possibilité de parcourir, même aussi rapidement, cet Angkor du monde maya.

Ils disaient : "Alors s'en furent les grands Itza. Pendant je ne sais combien de quadrisiècles vécurent hérétiques les Itzá et voilà qu'ils ont disparu. Leurs disciples aussi s'en furent en grand nombre à leur suite en essayant de les aider, et des savants venus de nombreuses petites villes les accompagnèrent aussi dans leur exil et disparition." Selon le Savant Devin de Chumayel.

C'était avant que Michel Hidalgo ait été fusillé pour trahison et qu'un congrès proclame à Chilpancingo l'indépendance du Mexique avec l'égalité des races.

En sortant de la place de l'Ouest à Tikal, vous prendrez à gauche, en passant au pied d'une haute pyramide à l'intérieur de laquelle on a découvert une tombe qui contenait de splendides offrandes, pour parvenir à la place principale avec le temple du Grand Jaguar sur son soubassement pyramidal, à neuf massifs pleins à revêtement de calcaire, en retrait les uns sur les autres, à l'intérieur duquel, dans une haute crypte voûtée, le cadavre d'un personnage d'assez grande taille avait été allongé sur une banquette recouverte d'une natte faite de perles de jade et de coquillages, entouré de vases en céramique et albâtre, de coquillages de la côte pacifique et d'objets en os gravés de hiéroglyphes et autres dessins. Un escalier raide, muni de chaînes pour les touristes actuels, mène à la plate-forme où se dresse un temple à trois chambres surmonté d'un ornement de crête qui culmine à 45 mètres au-dessus du sol de la place.

Aujourd'hui il a besoin de repos. Il a dû marcher longtemps avec sa charge sur le dos, accrochée à un bandeau sur son front. Il a une sorte de casque colonial en paille, une veste teinte à l'indigo sur sa chemise à grand col semblable à celle que mes filles m'ont offerte il y a bien des années au Nouveau-Mexique, venant de là-bas, et que je porte encore pour leurs anniversaires. Une corde de chanvre traverse la poitrine pour tenir le sac de voyage qui pend par derrière. Pas vraiment de la barbe, une sorte de chiendent blanc qui se hérisse entre les sillons des joues, tout autour de la lèvre qui se redouble dans une sorte de moue admiratrice. Par contre les sourcils sont encore très noirs. L'oreille couleur de vieux bois comme un instrument de musique poli par un long usage. Une femme s'éloigne avec de larges rubans jaunes tressés dans ses nattes.

KAN

4ᵉ JOUR

27

Chichén Itzá. Ce personnage qui garde l'entrée du temple des Guerriers est un porte-étendard juché sur le mythique serpent à plumes. Selon la légende, ces statues sont des guerriers Itzá pétrifiés par un enchantement au milieu des ruines de leur ville. Un jour ils sortiront de leur torpeur pour régner à nouveau.

Chichén Itzá. Sur la plate-forme supérieure du temple des Guerriers se trouve une statue de Chac-Mool (à l'avant-plan), messager des dieux, dieu lui-même, de la fertilité et du jeu. Le plateau qui est posé sur son ventre servait à recueillir les offrandes, jus de pulque ou sang d'homme. A l'arrière-plan, un porte-étendart est juché sur un piédestal à gueule de serpent. Ces deux statues témoignent de l'influence toltèque dans cette région : l'introduction du culte du serpent à plumes et des sacrifices humains suivant un rituel jusqu'alors inconnu des Maya.

Chichén Itzá. Face à la pyramide de Kukulkán,
jouxtant le temple des Guerriers, quelques-unes des
"mille" colonnes qui ont valu au groupe son nom.
Ces colonnes formaient de vastes portiques
qui entouraient une cour carrée. Les charpentes de bois
qui soutenaient le toit ont disparu.

Chichén Itzá. Le temple des Guerriers est construit au
sommet d'une pyramide carrée de 40 mètres de côté
ornée de bas-reliefs représentant personnages
et animaux mythiques dévorant des cœurs humains.

29

Chichen Itzá. Le temple des Tigres jouxte le jeu de balle
principal (on en compte au moins six autres
à Chichén Itzá). Les colonnes en forme de serpents
sont caractéristiques de l'architecture toltèque.

Chichén Itzá. Détails du *tzompantli*. Cette longue plate-
forme servait à exposer les crânes des prisonniers
que l'on offrait en sacrifice à l'astre solaire, comme
en témoigne le soubassement orné de sculptures.
On peut supposer que maints reliefs comme ceux-ci étaient
recouverts d'enduits colorés. L'effet obtenu devait être
moins minéral et beaucoup plus impressionnant.

Chichén Itzá. Cet édifice majestueux semble avoir servi d'observatoire astronomique. A l'intérieur de la tour aux murs très épais, un escalier en colimaçon (d'où le nom espagnol du bâtiment : *caracol*) mène à une chambre où sept meurtrières devaient permettre d'observer les constellations et de déterminer le calendrier des équinoxes et des solstices.

Chichén Itzá. La façade du temple des Guerriers est ornée de plusieurs masques Puuc qui représentent une tête de serpent serrant entre ses mâchoires une tête humaine.

Chez les Maya tout allait par vingt, un peu comme chez nos ancêtres les Gaulois qui nous ont légué nos curiosités numériques : quatre-vingt, quinze-vingt et 400 coups ; on comptait avec les pieds et les mains, si bien que le chiffre 20 voulait aussi dire l'homme. L'année était divisée en 18 mois de 20 jours, lesquels étaient numérotés à partir du zéro jusqu'au 19. Le 20 était donc l'équivalent du début du mois suivant. Il représentait à la fois l'accomplissement de la première série et le départ de la seconde. Par contre, ce qui est pour nous le premier jour du mois était pour eux le zéro, c'est-à-dire un jour de misère et de malchance.

Ils disaient, selon *le Livre du Conseil* : "Vint la parole. Dominateur, Puissant du Ciel tinrent conseil ; ils pensèrent, se comprirent, unirent leur discours, leur sagesse ; ils décidèrent qu'il y aurait l'homme, tandis qu'ils tenaient conseil dans les ténèbres sur la production des arbres, des lianes, de toute la vie, avec les esprits du ciel surnommés les grands maîtres. Le premier s'appelle éclair, le second trace de l'éclair, le troisième splendeur de l'éclair. Tous ils tinrent conseil sur l'aube de la vie, comment se ferait la germination. Ils décidèrent : que cette eau parte et se vide, que la terre naisse et se raffermisse, que la germination commence, que l'aube soit au ciel et sur la terre, car nous n'aurons point notre adoration jusqu'à ce que naissent les hommes. Terre, dirent-ils, et aussitôt la voilà. D'abord seulement un brouillard, un nuage, une naissance, puis les montagnes, les grandes montagnes couvertes de forêts."

C'était avant que Hernando de Córdoba reconnaisse la côte est du Yucatán jusqu'à la baie de l'Ascension et que Francisco de Córdoba débarque à Champoton d'où les Itzá auraient émigré avec Acatl Quetzalcóatl, roi exilé de Tula, pour aller s'installer à Chichén Itzá.

A Bonampak, les participants sont coiffés de complexes chapeaux de nénuphars. A gauche s'avance l'orchestre : cinq musiciens agitent des hochets, puis un batteur immobile avec son grand tambour, et trois autres qui frappent sur des carapaces de tortue avec des andouillers de cerf, deux sonneurs de trompe, et un dernier avec un sifflet et un hochet. Deux porteurs de parasols en second plan.

Aujourd'hui elle tient dans ses bras la volaille américaine par excellence, celle du thanksgiving des puritains, la dinde avec la faille de ses plumes noires et son fanon rose grumeleux sous le bec, le regard aux aguets. Les pattes sont liées par une ficelle de plastique. Grand sourire avec des dents un peu jaunes, magnifiques, et les plis de chaque côté de la bouche comme pour crier, mais pour une fois ce serait de bonheur. Une mèche rebelle cache le coin de l'œil.

CHICCHAN

5ᵉ JOUR

36

Zunil. La richesse
des tissages et la
splendeur des fêtes,
expressions manifestes
de l'attachement
des Indiens à leurs
racines, dissimulent
mal l'extrême pauvreté
des paysans.
Leurs conditions de vie
et de nutrition sont parmi
les plus difficiles
d'Amérique centrale.

Zunil.
Il n'est pas rare de
rencontrer des cas
d'albinisme parmi
les Indiens. Résurgences
de caractéristiques
espagnoles ou
conséquences de mariages
consanguins répétés en
raison de l'isolement des
villages ou de la volonté
farouche de préserver
une identité propre.

Uxmal. Sur la façade arrière de la pyramide du Devin,
s'inscrit un énorme escalier fait d'une seule volée
de marches hautes et étroites. Ce "mur" de pierres,
dont l'escalade est facilitée de nos jours par une chaîne,
n'a rien perdu de sa force de suggestion.

Je ne sais plus exactement quel fut mon programme de conférences à Ciudad de Guatemala, généralement nommée Tuat City, mais je me souviens que j'ai été mené, par un de ces coopérants qu'on nomme aujourd'hui volontaires du service national, très heureux d'échapper à leurs tâches souvent monotones pour promener de distingués visiteurs, jusqu'à la ville d'Antigua Guatemala, fondée par Jorge de Alvarado en 1527, après que Pedro de Alvarado eut tenté vainement d'installer son quartier général et sa capitale dans la ville d'Iximché. Elle s'appelait en réalité Santiago de los Caballeros de Guatemala, fut submergée par un fleuve de boue descendu d'un volcan proche en 1541, refondée un peu plus au nord une seconde fois en 1543.

Ils disaient : "Ils ne désiraient pas se joindre aux étrangers ; ils ne voulaient pas de la chrétienté ; ils ne voulaient pas payer de tributs, ces esprits seigneurs des oiseaux, des pierres précieuses, des pierres sculptées, des jaguars et des trois emblèmes magiques. Quatre fois quatre cents ans et trois cents années encore devait durer leur règne, croyaient-ils parce qu'ils connaissaient la mesure du temps. Tout mois, toute année, tout vent chemine et passe aussi selon sa courbe, comme toute lignée royale arrive à son sommet de pouvoir et passe. Selon le Savant Devin.

C'était avant que le Guatemala accède à son indépendance et que le général Agustín de Iturbide se proclame empereur du Mexique.

En face du temple du Jaguar, sur la place principale de Tikal, vous verrez le temple des masques et vous monterez admirer dans le sanctuaire supérieur les graffiti d'époque classique et postclassique figurant notamment le sacrifice d'un prisonnier par un personnage masqué armé d'une lance. Derrière l'ornement de crête, somptueusement sculpté, vous remarquerez un visage paré d'ornements d'oreilles. Au pied de la terrasse de l'acropole nord, vous examinerez deux files de stèles et autels autrefois peints en rouge.

Aujourd'hui, passant devant les étalages de ceintures et de nappes nullement destinées aux touristes ici en ce jour de marché (il y en a bien quelques-uns qui achèteront, mais c'est par surcroît), on le croirait tout jeune, mais c'est à cause de sa petite taille. En réalité c'est un homme mûr, avec plusieurs fils et filles sans doute, portant ses grandes jarres dont l'une est suspendue par une corde passant par ces oreilles dont on comprend soudain la signification pratique. Plus loin ce sont des chemises, blouses, tabliers, toute la friperie somptueuse qu'on voit sur les marchandes, les paysannes, les serveuses de bière ou de pepsi cola, aussi bien que sur les vieux paysans qui parlent peu et se remémorent non seulement leur propre vie mais celle de tous leurs ancêtres dans une enfilade obscure.

CIMI

6ᵉ JOUR

41

Uxmal.
Dans la cour centrale
(environ 65 m sur 45)
du quadrilatère des
Nonnes se situait un jeu
de balle. Ce jeu très
populaire évoquait les
mouvements du soleil.
D'après ce que l'on sait,
deux équipes se lançaient
d'un camp à l'autre
une balle de caoutchouc
dense, lourde et dure,
avec certaines parties du
corps, coudes, hanches,
cuisses, genoux…
Les règles changeaient
suivant les époques,
les régions, l'importance
de l'enjeu. Quand le jeu
avait une signification
rituelle, il pouvait se clore
par le sacrifice
du capitaine de l'équipe
des vainqueurs ou de celle
des vaincus.

Uxmal. A quelques centaines de mètres de la pyramide
se trouve un édifice tout en longueur appelé palais
du Gouverneur. C'est une des plus belles réalisations
de l'architecture Puuc. On voit ici un détail de la frise
qui orne la corniche et les motifs géométriques
remarquablement ciselés.
Un passage transversal est formé par une fausse voûte.

Santiago Atitlán. Le pays Tzutuhil occupe la région volcanique qui s'étend au bord du lac Atitlán. La célébration de la Semaine sainte et surtout la procession du Maximon attirent chaque année, dans sa capitale Santiago Atitlán, une foule nombreuse. Le culte voué à ce dieu fait de bois, appelé aussi Mam, est particulièrement révélateur du mélange subtil entre rite païen et ferveur chrétienne propre à la foi indienne.

Santiago Atitlán. Le Telinel, seul prêtre habilité à porter Mam, passe la semaine dans une chapelle voisine de l'église dispensant ses augures en échange d'offrandes : alcool, maïs, tabac ou chocolat. Devant sa maison officie un de ses assistants. L'encens qu'il utilise n'est autre que le *copal* de ses ancêtres précolombiens.

44

L'année maya était divisée en 18 mois et 20 jours, ce qui en faisait 360 ; les archéologues appellent cela une année numérique. Il fallait donc la corriger par rapport au cycle du soleil dont les Maya savaient très bien qu'il durait un peu moins de 365 jours et quart. Les cinq derniers jours de l'année étaient des jours sans nom, hors compte et malchanceux. C'étaient les jours où tout ne pouvait que se défaire. De temps en temps ils devaient en ajouter six au lieu de cinq ; mais on ne sait pas exactement comment. Par rapport à la numérotation maya, le fait que l'année ne comporte que 18 mois était une anomalie gênante, une sorte de déchirure dans le temps, ce qui devait donner aux deux derniers numéraux (18 et 19) une valeur maléfique. Les jours sans noms étaient le vestige de ces deux mois disparus.

Ils disaient, selon *le Livre du Conseil* : "Dominateur et Puissant du ciel félicitèrent les trois grands maîtres qui répondirent qu'il fallait leur laisser achever. Ainsi naquirent les monts, les plaines, ainsi les ruisseaux cheminèrent entre les monts ; puis ils mirent en œuvre les animaux gardiens de toutes les forêts : cerfs, oiseaux, pumas, jaguars, serpents de toutes espèces. Car ces enfanteurs et engendreurs s'étaient dit :
n'y aura-t-il que le silence et l'immobilité au pied des arbres et des lianes ? Toi, cerf, tu dormiras dans les ravins au bord des eaux, tu courras dans les herbes et les broussailles sur tes quatre pieds et tu te multiplieras. Et vous, les oiseaux, vous nicherez sur les arbres et les lianes et vous y multiplierez, et que chacun fasse entendre son langage selon son clan et sa manière, et maintenant invoquez-nous.
Mais ils ne pouvaient parler comme des hommes, seulement caqueter, mugir, croasser, incapables de s'entendre d'une espèce à l'autre. "

C'était avant que Juan de Gonzalva explore la côte du Mexique jusqu'à Veracruz et que Hernán Cortés quitte Cuga à la tête d'une expédition de onze navires portant 500 hommes d'armes, 10 canons et 17 chevaux.

A Bonampak les incarnations des dieux se cachent sous des masques effrayants. Ils portent des coiffes et des boucles d'oreilles en nénuphars. L'un a une tête de crocodile, un autre des pinces de crabe, un troisième serre sous son bras le signe du chiffre cinq, un autre a un museau vert effilé, un autre porte des antennes devant sa bouche ; le dernier, accroupi, non masqué est coiffé d'un large bouquet qui évoque la floraison du maïs.

Aujourd'hui cafetière et bols avec des linges dans le haut panier en éclisses de bambou, bien assis sur un coussin annulaire qui repose à son tour sur les cheveux noirs. Et l'on peut marcher, s'asseoir, converser, porter un bébé à bonnet rouge et robe rose ornée de petits oursons à l'européenne sans déranger le moins du monde tout cet équilibre au milieu de la foule. Derrière, sur l'épaule d'une autre femme, ou d'un homme, on ne peut savoir, on voit une tenture repliée avec les dernières lettres du mot "souvenir".

MANIK

7ᵉ JOUR

45

Santiago Atitlán.
Les Tzutuhil n'ont pas subi
la honte de la
déportation, ils occupent
toujours les terres de
leurs ancêtres et en ont
conservé les coutumes.
Notamment le *tocayal*,
cette coiffe féminine
traditionnelle faite
d'un seul bandeau rouge
enroulé autour des plus
belles... et des plus riches
têtes. On dit, en effet,
que sa longueur, plusieurs
mètres au moins, révèle la
fortune de sa propriétaire.

(Pages précédentes) Santiago Atitlán.
Cette reconstitution vivante de la dernière Cène
est un autre épisode de la Semaine sainte. Malgré
les efforts des missionnaires, la ferveur chrétienne
n'est parfois qu'apparente. Le culte des dieux païens
est toujours bien vivant. Les Indiens ont opéré,
non sans humour, d'étranges glissements de sens,
associant le Soleil à Jésus-Christ, la Terre-Mère
à la Vierge Marie, le Mam à l'archange Gabriel
ou à saint Pierre selon les régions.

Santiago Atitlán.
Les hommes ont aussi leur
habit traditionnel.
Et si le pantalon des
Espagnols remplace
aujourd'hui le pagne,
le génie des tisserandes
locales l'enrichit
de variations
magnifiquement brodées.

Tulum. La situation exceptionnelle de Tulum au bord
de la mer des Caraïbes en fait un des sites les plus
enchanteurs du Mexique. Les fantômes qui hantent
les murailles d'El Castillo observent, indifférents,
les touristes qui déferlent en masse. Des nouvelles routes,
un aéroport et toute une infrastructure hôtelière ont été
aménagés à cet effet dans la région par le gouvernement
mexicain. Les Indiens, éternels oubliés, ne recueillent
que les miettes de cette manne économique.

Depuis 1543, malgré de nombreux tremblements de terre qui obligèrent à reconstruire jusqu'à huit fois les principaux monuments de la ville, d'architecture de plus en plus massive, et malgré les nombreuses révoltes indiennes qui amenèrent à la doter d'un réseau de souterrains qui faisait communiquer entre elles toutes les maisons, Santiago de los Caballeros demeura la capitale de la capitainerie générale, jusqu'à un séisme particulièrement violent en 1773, qui fit transférer le gouvernement provincial à l'actuelle Ciudad de Guatemala, et adopter pour Santiago le nom d'Antigua.

Ils disaient : "Mesuré était le temps où ils pouvaient réciter leurs prières, mesuré celui où ils pouvaient se réjouir, mesuré celui où ils pouvaient regarder les balcons des étoiles au-dessus d'eux, d'où les contemplaient les dieux. Alors tout était bon ; il y avait de la sagesse chez les Itzá. Il n'y avait pas de péché alors ; mais une sainte dévotion. Il n'y avait pas de maladie, pas de pourrissement des os, pas de forte fièvre, ni de variole, ni de brûlure dans la poitrine, ni de mal au ventre, ni d'épuisement, ni de migraine. A ce moment, les hommes allaient bon ordre. A l'arrivée des étrangers, tout a changé. " Selon le Savant Devin.

C'était avant l'intégration du Guatemala dans l'empire éphémère d'Iturbide, et l'abdication de celui-ci menant à l'institution d'une république fédérale des Etats-Unis du Mexique.

Vous monterez par un large escalier, à 12 mètres au-dessus du sol de la place principale de Tikal, jusqu'à cette acropole nord où, sur une superficie d'environ un hectare, se trouvaient concentrés, vers la fin de l'époque classique, seize temples ou bâtiments à divers niveaux, sous lesquels on a identifié une centaine d'édifices encore plus anciens. Vous verrez à l'intérieur du délabrement d'une pyramide les restes d'un état antérieur dont il subsiste des masques de part et d'autre de l'escalier d'accès au temple proprement dit, lui-même orné de masques sur sa façade, et d'un autre état encore antérieur dont on peut contempler, en s'enfonçant dans un tunnel, deux masques de trois mètres de hauteur représentant Chac, ou Pluvieux, le dieu de l'orage au grand nez. Les fouilles ont permis de dégager trois tombes et une stèle inhumée dans une sorte d'incinération. Vous retraverserez la place principale pour monter aux six patios de l'acropole du centre, reliés par un labyrinthe de corridors et d'escaliers. Depuis maintenant plusieurs vingténaires, on se demande si cet ensemble était un palais résidentiel ou administratif. Il existe naturellement diverses possibilités intermédiaires : abris temporaires ou résidences périodiques des prêtres, domiciles permanents de familles gouvernantes, ou édifices de caractère fondamentalement bureaucratique, habités par une classe de directeurs, secrétaires et employés. S'il s'agissait de résidences, où étaient les cuisines et comment se débarrassait-on des déchets quotidiens? S'il s'agissait d'immeubles de bureaux, comment fonctionnait donc une administration si importante? Où vivaient les familles au pouvoir si ce n'était pas dans ces édifices? On pense aujourd'hui que les étages inférieurs, malgré leur obscurité et humidité, pouvaient être des réserves d'archives, avec les habitations et secrétariats dans les étages supérieurs détruits.

Aujourd'hui il peine sur les pavés de ciment encastrés les uns dans les autres. L'énorme cube qu'il transporte, enveloppé de cartons qui ne tiennent que par les filets et ficelles, avec la corde accrochée sur le bandeau de son front, qu'il assure de chaque côté avec les doigts, deux seulement pour la main gauche avec le pouce parce qu'il faut les deux derniers pour le chapeau.

LAMAT

8ᵉ JOUR

51

Sayil. Cet édifice énorme et majestueux,
85 mètres de long, qu'on appelle le Palais,
dresse ses trois étages, en retrait les uns sur les autres,
au milieu d'une zone de haut maquis
dense et impénétrable.

Labná. L'Arc de Labná est en fait une passerelle
qui reliait deux édifices beaucoup plus grands.
L'arche est un parfait exemple de fausse voûte maya.
Construit en encorbellement, l'arc est constitué
de pierres déposées progressivement en saillie
jusqu'à la fermeture de la vôute. Ici, les ailes sont
décorées de motifs géométriques surmontés de reliefs
imitant les tuiles d'une maison.

(Page suivante) San Andrés Xecul.
La façade de cette église s'inspire
des motifs du *huipil*, le châle indien.

Les années maya étaient groupées en ensembles de 20, ou vingténaires, nommés "katun", qui comptaient 20 fois 360 jours. Mais n'oublions pas que ces 360 jours étaient sous-entendus plus cinq ou six, et qu'il s'agissait bien pour eux de vingt années. Ces questions provoquent beaucoup d'embrouillaminis dans l'établissement des équivalences de dates, même dans les publications les plus savantes. Dans ces vingténaires, les deux dernières années, correspondant aux mois manquants, devaient être néfastes aussi.

Ils disaient, selon *le Livre du Conseil*: "Voyant que les animaux étaient incapables d'invoquer leurs noms, ils décidèrent d'inventer d'autres créatures. Conservez votre nourriture et vos domaines, dirent-ils aux animaux, mais vous serez dévorés par ceux qui sauront nous invoquer. Les grands maîtres essayèrent une première espèce d'hommes. Ils firent d'abord la chair avec de la terre, mais cela s'abattait, s'amoncelait, s'amollissait, s'aplatissait, fondait. La tête ne pouvait bouger ; impossible de regarder derrière soi ; la vue était voilée ; il commença bien à parler, mais c'étaient des paroles sans suite. Et les grands maîtres décidèrent de tenter un nouvel essai. "

C'était avant que Hernán Cortés, après une escale sur l'île de Cozumel où il recueille Jeronimo de Aguilar qui lui servira d'interprète dans la région, aborde sur la côte du Tabasco, mais la quitte bientôt devant l'hostilité des Maya, en emmenant avec lui Malitzin, jeune esclave d'origine aztèque, qui lui servira d'interprète à Mexico.

Dans la deuxième chambre du temple de Bonampak, des guerriers vêtus de simples pagnes ou de courtes tuniques, mais avec des coiffes extraordinaires et des bijoux, attaquent à la lance des hommes nus qu'ils font prisonniers en les prenant par les cheveux.

Aujourd'hui on la croirait hollandaise avec ses cheveux blonds ; et qui sait quels mélanges il peut y avoir eu dans sa lignée ? Mais c'est une albinos avec sa peau sans pigment et ses yeux mi-clos. Un gosse dans le dos, une petite fille par-devant à colliers de verre, une banane sous le coude, et pour laquelle elle en épluche d'autres. Les enfants ont tout le noir qu'il faut dans les cheveux, tout le sombre dans le teint, toute l'inquiétude et la vivacité dans les yeux grands ouverts.

55

San Cristóbal Verapaz. La fête locale de San Cristóbal
attire tous les Indiens de la région qui viennent assister
aux nombreuses cérémonies et réjouissances populaires,
processions, danses et marchés où l'on vend
le *cardamomo*, qui sert ici à relever le goût du café.

Puis nous avons pris une jeep à plusieurs pour aller jusqu'au lac Atitlán par une route à plusieurs reprises effondrée par des pluies récentes, coucher dans une auberge rudimentaire au village de Panajachel où l'on vendait les hardes les plus somptueuses, et parvenir le lendemain à Chichicastenango le jour du marché. Couvertures, huipiles brodés, ceintures, châles, sacs, bijoux, masques au milieu des fumées d'encens et de rôtis, du murmure des consultations de sorciers et des prières. J'y ai acheté, entre autres choses, un pantalon indigo, une sorte de jean, mais à belles bandes brodées au bas, que je fis l'imprudence de mettre dès le lendemain, ce qui me teignit le corps en bleu pour plusieurs jours.

Ils disaient : "Quand les étrangers sont arrivés, ils ont amené avec eux les choses honteuses, ils nous ont fait perdre notre innocence dans le péché charnel. Nul jour n'était plus favorable. C'était toujours le règne du jour double et mensonger. Et c'est aussi la cause de notre maladie. Plus de sagesse, plus de courage, plus de pudeur, plus de grands savants, plus de grands parleurs, plus de prêtres à qui se confier quand sont arrivés les envoyés du nouveau dieu qui eux-mêmes étaient corrompus. Et les fils de leurs fils sont restés ici à Mayapán, et les fils des Itzá les ont attaqués par trois fois, parce que depuis soixante ans ils ne leur ont pas payé de tribut, et qu'ils sont enflammés contre eux. Nous n'avions pas payé ce tribut et nous le payons aujourd'hui, et peut-être cela suffira-t-il pour apaiser ces étrangers. Sinon, terrible sera la guerre." Selon le Savant Devin.

C'était avant que les Provinces-Unies d'Amérique centrale, déjà séparées des Etats-Unis du Mexique, se disloquent en Guatemala, San Salvador, Honduras, Nicaragua et Costa Rica, avant l'intervention des États européens au Mexique.

Après avoir gravi l'escalier en face du jeu de pelote à Tikal, vous longerez à droite sur la plate-forme une série de chambres qui donnent sur la place principale, pour atteindre le premier patio, puis vous monterez le talus entre celui-ci et le second, passerez au-dessus de ces chambres pour trouver à droite encore un corridor qui vous conduira au niveau le plus élevé de l'acropole du centre, depuis lequel vous accéderez par un large escalier, entre autres bâtiments, à celui nommé palais Maler du nom de l'archéologue allemand qui y séjourna en 1895 et 1904, au-dessus de la porte duquel vous distinguerez les restes d'une frise sculptée avant de vous intéresser aux représentations de cérémonies et aux portraits gravés dans le plâtre à l'intérieur.

Aujourd'hui, entre les tuiles et les pavés sombres, sur le linteau du coiffeur, la station du chemin de croix avec sa chromolithographie ancienne et son drapé rouge et violet, brusquement soulignée par le passage d'une nuée tricolore formée de sacs remplis d'éponges en plastique ou de coton hydrophile, brandie par un homme sans tête dans sa chemise bleu de ciel.

OC

10ᵉ JOUR

58

San Cristóbal Verapaz. La province du Haut Verapaz doit son nom
à l'accord conclu entre les autorités coloniales espagnoles et les
dominicains, conduits par Bartolomeo de Las Casas. Cet accord
réservait une partie de la région aux Indiens, "encadrés" par des
missionnaires, et les regroupait en communautés villageoises, les
Republicas des indios. Créées pour faciliter l'évangélisation de la
population, elles furent l'embryon d'une première réorganisation
après le traumatisme de la Conquista. Cet équilibre ne dura pas,
les terres indiennes furent peu à peu occupées par les *ladinos*.

San Cristóbal Verapaz.
Les Indiens ont un amour
viscéral de la Vierge
(ou Terre-Mère).
Des miracles lui sont
régulièrement attribués.
Ils ont parfois cristallisé
ferveurs religieuses,
passions nationalistes,
et débouché sur de
sanglants soulèvements.

60

San Cristóbal Verapaz.
L'Eglise catholique
et les sectes adventistes
nord-américaines,
débarquées depuis peu
pour contrer l'influence
communiste, se livrent
une guerre âpre et
souvent violente. Peu à
peu une troisième voie
se fait jour, proprement
indienne, elle tente
de recréer une cohésion
et une véritable identité
collective.

San Cristóbal Verapaz.
Entre les partisans
d'une prise en charge
moderniste ouverte
sur l'étranger et les
défenseurs isolationnistes
de l'orthodoxie maya,
les débats sont parfois
violents. La subsistance
du peuple maya dépendra
du choix que feront
les nouvelles générations,
sans compromettre
l'originalité
de leur identité.

61

(Pages suivantes) San Cristóbal Verapaz.
Les Guatémaltèques ont l'élégance utile : un châle
se transforme en baluchon. Malgré les difficultés,
tout chez eux dénote un certain art de vivre : le regard,
la démarche, le goût des couleurs.

64

Palenque.
Cette cité de moyenne
importance, si on en juge
d'après les proportions
des monuments,
s'étendait tout de même
sur plusieurs kilomètres.
Les zones dégagées
ne représentent
qu'une petite partie
de l'ensemble original.
Elles sont d'un intérêt
exceptionnel en raison
de la qualité des édifices,
souvent remarquablement
restaurés. Le temple
du Soleil est couronné
par un écran de pierre
ciselé et ajouré.

Et encore aujourd'hui elle enseigne le tissage à sa fille qui la regarde arrêter le fil d'un motif avant de reprendre la navette, et rêve des tissus qu'elle a vus dans les supermarchés de la lointaine ville achalandée par les produits venant de l'Europe ou du pays yankee. Cela ne lui déplaît pas, cette blouse qu'elle porte, et sûrement elle deviendra capable d'en faire d'aussi belles ; mais si seulement elle pouvait profiter de ces linons, de ces nylons, de ces velours ou de ces skaïs, de tout ce qu'elle voit sur les gens de l'administration quand ils passent avec leurs femmes ou les touristes étrangers quand ils descendent de leurs autocars à air conditionné.

Dans la forêt de Tikal les cèdres espagnols atteignent jusqu'à 50 mètres de hauteur, comme les fromagers, arbres sacrés pour les Maya, les différentes espèces de caobas et de zapotes dont la sève est à la base du chewing-gum, parmi toute une variété de palmiers de toutes tailles. Tout cela enchevêtré de lianes souvent protégées de longues épines, parfois accumulant de l'eau potable. 285 espèces d'oiseaux ont été répertoriées jusqu'à présent autour des ruines, dont 200 y vivent en permanence : hérons bleus et blancs, faucons, perroquets qui franchissent les cimes en grand tumulte, dindons dorés, petits vautours, momots et multitude de colibris de toutes couleurs. De grandes bandes de singes-araignées sautent d'arbre en arbre sur le soir.

C'était avant que Louis-Napoléon Bonaparte, dit Napoléon le Petit, empereur des Français sous le nom de Napoléon III, fasse occuper par ses troupes la ville de Mexico, puis essaie d'imposer comme empereur l'archiduc d'Autriche Maximilien.

Ils disaient, selon le Savant Devin : "Tout sera expliqué en détail bien qu'il reste peu de témoignages écrits sur ces conspirations et culpabilités nombreuses. Mais cela ne sera pas raconté dans ce livre, très peu en sera révélé ; pourtant un des nôtres le connaîtra ; il saura expliquer ce qu'il lira ici. Ce fut la fin de nos prêtres et le début de notre misère, quand la chrétienté fut introduite par ces chrétiens de vieille souche. Et c'est alors, avec l'avènement de ce vrai Dieu, que commença vraiment notre misère."

Les bus surchargés, marqués "Guat" ou "Chichi", faisaient de périlleuses acrobaties quand nous les croisions avec notre jeep en franchissant les ravins devant les silhouettes des volcans, tandis que les paysans très petits et bas sur pattes, en haillons splendides, peinaient sous leurs fardeaux attachés à leur front par le même bandeau qu'utilisaient leurs ancêtres ; et aux abords des villages les enfants minuscules au costume européanisé utilisaient aussi des bandeaux pour trimballer leurs paquets de livres scolaires.

CHUEN

11ᵉ JOUR

65

Palenque. On connaît mal l'histoire de cette ville
que les Maya appelaient *Otulum* ("Maisons fortifiées").
Après avoir connu une période de prospérité et de gloire
qui culmina au VIᵉ siècle, elle dépérit pour mourir
brusquement au Xᵉ siècle comme de nombreuses autres
cités. Les historiens ont avancé différentes hypothèses
pour expliquer ce déclin : invasions barbares,
épidémies, séismes, appauvrissement des sols,
fatalisme suicidaire...

Palenque.
Détail d'un bas-relief,
cour intérieure du palais.
Selon la théorie la plus
convaincante,
l'effondrement des
grandes cités-États de la
période classique serait
intervenu à la fin d'un
processus complexe.
La révolte des bases
populaires de la société
(paysans et artisans)
outrageusement
exploitées par les classes
dirigeantes
(prêtres et guerriers)
aurait provoqué
une désorganisation
complète de la société.
Les connaissances
scientifiques et les clés
de toute l'organisation
socio-économique
qui étaient détenues sans
partage par la minorité
au pouvoir se perdirent,
et avec elles tous les
acquis de la civilisation.

Palenque. Le palais est composé en fait de plusieurs
édifices réunis sur une vaste plate-forme.
L'ensemble est dominé par une imposante tour carrée,
probablement un observatoire astronomique.
Les différents édifices séparés par de larges patios
sont décorés de magnifiques bas-reliefs, finement
ciselés et savamment composés, caractéristiques
de l'art *palencano*.

Palenque. Le temple des Inscriptions se dresse
au sommet d'une pyramide de 21 mètres de haut.
Une crypte se cache dans les profondeurs
de la pyramide on y accède par un escalier à partir
d'une des chambres du temple. Cette crypte, richement
décorée de stucs, contient un sarcophage massif,
c'est la sépulture du roi Kin Pacal
("Le bouclier du soleil"), chef-d'œuvre de l'art maya.

70

San Domingo Xenacoj. Les Indiens se reconnaissent
dans les nombreux dialectes indigènes apparentés
au maya ancien. On compte aujourd'hui près
de vingt-cinq langues maya dont certaines ne sont
plus parlées que par quelques centaines d'individus.
Mais si elles ont toutes la même souche commune,
certaines d'entre elles sont aussi différentes que,
par exemple, le français de l'espagnol.

Aujourd'hui c'est lui qui préside le bénédicité chez les enfants-fleurs pour le repas de fête : les haricots dans les assiettes de fer émaillé sans ébréchures, accompagnés de minces galettes de maïs. Si seulement cela pouvait venir tous les jours, même les jours sans coiffures à complexes bouquets de papier, même les jours d'école ou de travaux des champs ! Et pourtant, même aujourd'hui, il faut avoir l'œil sur cette marmaille, déjà possédée de tant de démons qui se réveillent parfois après des mois, des années ou des siècles de sommeil.

Les prisonniers comparaissent devant un chef. L'un d'eux vient de mourir. Trois autres ont les doigts qui saignent. Un guerrier perce le doigt d'un quatrième. Une tête coupée repose sur un lit de feuilles. Puis on passe dans la troisième chambre du temple de Bonampak.

C'était avant le débarquement de Hernán Cortés à Veracruz d'où il remonte jusqu'à Mexico-Tenochtitlán, pour traverser quelques années plus tard le pays maya en allant mater la rébellion de son lieutenant Cristóbal de Olid qu'il avait envoyé conquérir l'actuel Honduras.

Ils disaient, selon le Savant Devin : "Les seconds maîtres firent des mannequins en bois qui s'animèrent, parlèrent et engendrèrent filles et fils. Mais ils n'avaient ni esprit ni sagesse, nul souvenir de leurs constructeurs formateurs ; ils marchaient sans but sur la terre, sans se souvenir des esprits du ciel. Alors leurs faces se desséchèrent, leurs pieds et leurs mains perdirent leur consistance. Ils se vidèrent de leur sang et de toutes leurs autres humeurs et graisses. Leurs visages devinrent semblables à des crânes et tous leurs corps à des squelettes. C'étaient pourtant les véritables premiers hommes à la surface de la terre. Mais les esprits du ciel décidèrent d'un déluge d'eau et de feu. Et le démon Creuseur de face vint leur arracher les yeux ; Chauve-Souris et la Mort leur coupaient la tête ; le démon Dindon leur mangeait la chair ; le démon Hibou broyait, brisait leurs os et leurs nerfs ; ils furent moulus, pulvérisés en châtiment de leur sottise et impiété. Et s'obscurcissait la face de la terre dans la pluie ténébreuse et brûlante de jour et de nuit." Selon *le Livre du Conseil.*

71

Les vingténaires étaient groupés à leur tour dans des ensembles de 20 nommés "baktun" qui comptent 144 000 jours ou 400 années numériques qui sont sans doute en même temps des années solaires, si on leur ajoute les jours hors compte. Les dates sur les grandes stèles maya sont indiquées en baktun (quadrisiècle), katun (vingténaire), années, mois et jours, à partir d'une date initiale que l'on situe en gros dans le quatrième millénaire avant Jésus-Christ, et qui doit correspondre à une conjonction astronomique essentielle.

72

San Domingo Xenacoj. Des costumes traditionnels et bien particuliers distinguent les membres des nombreuses *cofradías* du village. Ces confréries sont regroupées autour d'un saint protecteur et organisent les rites qui le concernent.

San Domingo Xenacoj.
La procession
du 26 juillet, en l'honneur
de San Cristóbal Apostol,
est particulièrement
fastueuse.
C'est souvent le cas
dans les villages proches
de Ciudad de Guatemala,
moins meurtris
par la répression militaire
de ces dernières années.

(Page suivante) Lac Atitlán. Le lac est une des merveilles
naturelles du Guatemala. Dans son admirable écrin
de volcans, c'est le cœur du pays Tzutuhil. Il fait vivre
les pêcheurs, même si Xocomil, le vent violent qui
balaie ses eaux turquoise, les fait parfois mourir.
Creuset de nombreuses légendes sacrées, il protège
les Indiens ; les villages qui le surplombent ont su
préserver leur âme et leur originalité.

Aujourd'hui   c'est comme un mur de femmes, comme une forêt de lianes avec ces rayures qui tombent, remontent, se tordent et se nouent en tous sens avec des croisillons, des triangles, des feuilles et même des boutons de fleurs, des sourires, des lèvres, des mains avec leurs veines, des pieds avec leurs ongles, des oiseaux, des serpents, des langueurs et des sueurs.

Passant   de complexe en complexe, et de pyramide en stèle, repassant par la place principale et la chaussée, longeant les étangs et les réservoirs, vous parviendrez au temple du Serpent à deux têtes, haut de 62,5 mètres, l'édifice le plus élevé de toute l'Amérique précolombienne. Vous n'hésiterez pas à l'escalader surtout en fin d'après-midi pour reconnaître, émergeant de leur océan végétal, les monuments que vous aurez déjà visités à Tikal, et vous en devinerez des dizaines, des centaines d'autres encore enfouis alentour.

C'était avant que   les troupes de Napoléon III, sous la pression des Etats-Unis d'Amérique, abandonnent Maximilien à Mexico, et que celui-ci soit fusillé à Querétaro.

BEN

13e jour

Ils disaient,   selon le Savant Devin : "Ce fut le début des tributs, le début des dîmes, le début des contestations sur la propriété et les armes, le début de l'écrasement du peuple et des rapines, le début des dettes injustifiées avec faux témoignages, le début des rixes, des tortures et des pillages. C'est alors que commença l'esclavage imposé par les Espagnols, et les prêtres, les chefs de bande, les maîtres d'école et les procureurs publics parfois tout jeunes. Alors commença le harcèlement de tous les pauvres gens qui ne s'étaient pas enfuis. Ces malheurs ont été amenés par l'Antéchrist, par les renards des villes, les insectes suceurs de sang des villes, ceux qui ont vidé de tout leur sang les travailleurs. Mais Notre-Seigneur le vrai Dieu aura pitié de nous. Sa justice descendra partout sur la terre pour punir nos persécuteurs. "

75

On m'accompagne   à l'aube pour l'aéroport après m'avoir donné toutes sortes de conseils pour ma visite : après avoir passé l'auberge, prendre vers la droite pour le complexe Q, puis à droite encore pour le complexe P, prendre alors à gauche jusqu'au temple 4 dont il faut faire l'ascension, puis revenir vers l'auberge et l'aéroport en passant par le complexe N, la place des sept temples et la place principale. J'ai acheté chez le marchand de journaux la traduction en espagnol du *Guide des anciennes ruines mayas de Tikal* de William Coe, publié par le Musée de l'université de Pennsylvanie à Philadelphie ; j'étais paré. On me dit : "A ce soir." Je passe le contrôle, m'installe dans le petit avion et me plonge dans ma lecture.

Kohunlich. La pyramide des Masques s'orne de stucs
glorifiant le dieu Soleil. Formes arrondies et visages
joufflus sont empruntés aux statuettes des Olmèques
qui occupèrent la région. Aujourd'hui l'immense
forêt tropicale de Petén a repris sa place ;
elle recouvre tout le sud du Yucatán.

Bonampak.
On trouve au musée
national d'Anthropologie
de Mexico
de remarquables
reconstitutions
des fresques du temple
des peintures
de Bonampak.
Celle-ci représente
des prêtres revêtus
de leurs coiffures
en plumes de quetzal
se préparant à célébrer
une cérémonie religieuse.
Cette facette de l'art maya
est aujourd'hui presque
perdue. Les rares
fragments qui restent
visibles ont résisté aux
attaques de l'humidité,
des animaux, des racines
et aux pillages
des hommes. Ces "peaux
de plâtre" décoraient
l'intérieur et l'extérieur
de tous les édifices,
comme dans la Grèce
antique. Le dessin
virtuose, riche de
significations
superposées, exprimait
toute la subtilité du
monde spirituel maya.

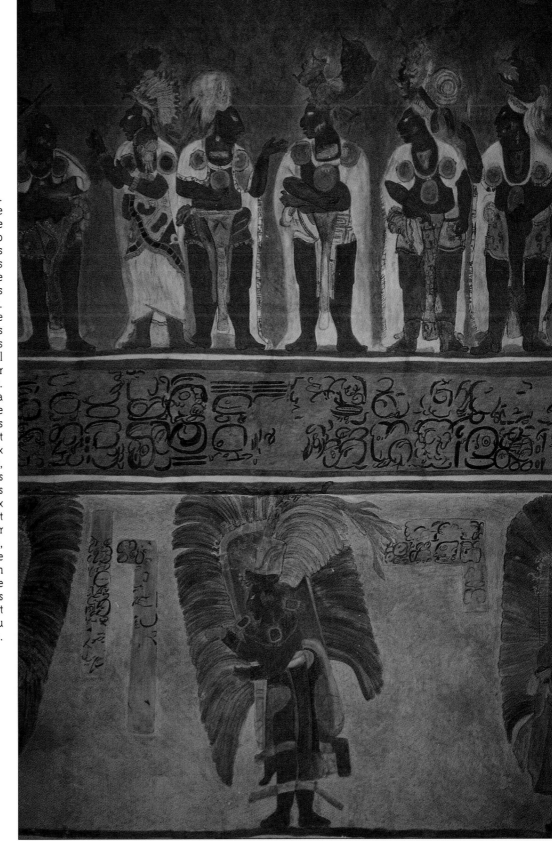

78

Antigua. Parmi les nombreuses Semaines saintes d'Amérique latine, la plus solennelle et la plus célèbre est celle d'Antigua Guatemala ou Santiago de los Caballeros, ancienne capitale du Guatemala.
Le Vendredi saint, les habitants des divers quartiers de la ville réalisent les célèbres *alfombras* ou tapis faits de pétales de fleurs et de sciure de bois.

Aujourd'hui c'est un mannequin à tête et jambe de bois, un cigare pincé dans ses fausses lèvres, des écharpes au vent, juché sur l'épaule d'un moustachu au milieu de la foule des hommes coiffés de Stetsons comme au Texas, en feutre ou paille, tous impeccablement blanc écru parmi les foulards bariolés des autres. Un gringo les dépasse de toute sa tête, avec ses cheveux d'argent, son teint de bébé publicitaire. Au premier plan, les jeunes saxophonistes fournissent l'entrain et la nostalgie.

Dans la troisième chambre à Bonampak, un haut dignitaire entouré de ses femmes a revêtu une longue tunique. Il se perce la langue avec une épine pour en faire couler du sang méritoire.

C'était avant la conquête de l'actuel Guatemala par Pedro de Alvarado sur l'ordre de Cortés et l'installation de Francisco de Montejo au port de Champotón avec l'implantation d'une mission.

Ils disaient, selon le Savant Devin : "Alors se révoltèrent non seulement les animaux, mais les objets ; les meules, poteries, écuelles, marmites, leurs chiens, dindons, tous leur parlèrent et manifestèrent leur mépris. Les animaux domestiques disaient : Vous nous avez battus, vous nous avez mangés ; à votre tour vous serez battus et mangés. Et les meules : Tous les jours du matin au soir, vous nous disiez : gratte, gratte, déchire ; maintenant vous serez raclés, mordus et pétris. Et les chiens leur dirent encore : Vous ne nous donniez pas à manger ; vous nous chassiez de votre maison ; maintenant c'est vous qui souffrirez la faim et serez chassés. Et leurs marmites et poteries prirent la parole : Vous nous noircissiez et brûliez tout le jour, à votre tour vous serez noircis et brûlés. Et les pierres de l'âtre allumèrent du feu sur leurs têtes. Désespérés, ils voulurent se réfugier sur les terrasses de leurs demeures, mais celles-ci s'écroulèrent et les firent tomber ; ils voulurent monter sur les arbres, mais ceux-ci les secouèrent au loin ; ils voulurent entrer dans des cavernes, mais celles-ci se refermèrent à leur approche. On dit que la postérité de ces hommes sont les petits singes-araignées qui vivent actuellement dans la forêt. " Selon *le Livre du Conseil.*

Dans certains grands sites maya on érigeait une stèle à la fin de chaque vingténaire ou katun, sans doute pour bien proclamer le caractère encore favorable du temps dans lequel on se trouvait. Ainsi on en connaît qui sont datées 9. 15. 0. 0. 0, ce qui se lit : baktun 9, katun 15, année 0, mois 0, jour 0. Comme le premier nombre ordinal pour les Maya était le zéro, nous dirions dixième quadrisiècle (comme nous disons XXe siècle pour les années qui commencent par 19), seizième vingténaire, première année, premier mois, premier jour. On connaît aussi 9. 16. 0. 0. 0 et 9. 17. 0. 0. 0 ; mais ni 18, ni 19. Certains emplacements sont abandonnés à cette date, quitte à être réoccupés ensuite. A l'intérieur du quadrisiècle, il y avait sans doute une fin dangereuse qui ne pouvait aboutir qu'à une catastrophe où tout devait être recommencé. Si l'on situe la fin de ce "dixième" quadrisiècle du côté de notre an 800, on remarque que la fin du "12e" coïncide à peu près avec l'arrivée des premiers Espagnols au début du XVIe siècle.

79

IX

14e JOUR

82

Antigua. Pendant la Semaine sainte, la barbe à papa est une des gourmandises les plus prisées des enfants et des plus grands

(Pages précédentes) Antigua. Fêtes de la Semaine sainte.

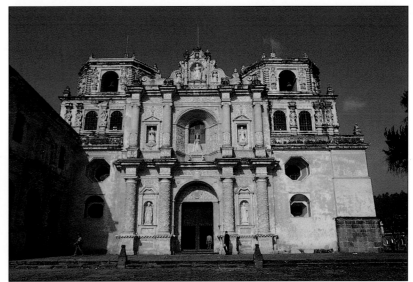

Antigua. La fastueuse façade baroque et le dôme
imposant de Nuestra Señora de las Mercedes
témoignent du glorieux passé d'Antigua.
La plus belle ville baroque d'Amérique au XVIIIe
fut détruite par une succession de secousses
sismisques. Antigua doit son charme à la tristesse
de ses ruines, à l'élégance des monuments qui ont
résisté, patios, villas, couvents, églises... à la beauté
sidérale des abrupts volcaniques qui l'enserrent...

84

Quiriguá. Sur les rives
du río Motagua, dans
une vaste clairière
qui interrompt
la cohorte tropicale
de palmiers, acajous
et sapotilliers,
se dressent les stèles
de Quiriguá. Chefs-
d'œuvre de la sculpture
monumentale maya,
elles attestent la
déification de quelques
Halach Uinic ("Hommes
vrais"). Les glyphes
délicatement ciselés
sur leurs flancs
le confirment.
Ils constituent
une véritable écriture
hiéroglyphique
et documentent la vie
des princes et leur
généalogie.
Cette lecture est
aujourd'hui possible
grâce aux progrès
du décryptage
de l'écriture maya.

Aujourd'hui tu ne m'as pas donné assez pour t'acheter un cierge de plus à mettre devant l'autel de la Vierge miraculeuse, et puis il faudra en mettre encore à saint Cristobal et à saint Hernando, et puis tu n'auras pas le courage de ne pas en donner à la voisine qui a déjà tout dépensé dans la matinée ; or nous avons tellement besoin de flammes pour éclairer les voûtes obscures, les souterrains, les profondes jungles de notre histoire et de nos âmes.

Si vous vous égarez loin des ruines à Tikal, vous risquez de rencontrer pumas, jaguars et ocelots, sangliers et cerfs, et naturellement des serpents, pour la plupart inoffensifs, mais dont certains sont très dangereux comme le corail et le barbe jaune ; peut-être même surprendrez-vous le merveilleux oiseau vert, le quetzal ; mais vous préférerez sans doute contempler sur une autre plate-forme à pyramides jumelles le prêtre paré d'un richissime costume, portant une somptueuse coiffure de plumes, sculpté sur une stèle à côté d'un autel circulaire décoré de reliefs représentant deux prêtres à l'intérieur d'un anneau de hiéroglyphes, de part et d'autre d'un autel surmonté d'un crâne et de deux fémurs.

C'était avant que des armées d'archéologues commencent à effeuiller couche par couche les pyramides anciennes et que l'United Fruit Company prenne possession d'immenses territoires dans la basse vallée du río Motagua pour y faire cultiver des bananes.

Ils disaient, selon le Savant Devin : "Alors la face du soleil sera détournée de sa course, il se mettra sur le dos pendant le règne des hommes périssables, des dieux périssables. Pendant cinq jours, le soleil sera mordu, et ce sera le signe donné par Dieu que la mort s'abattra sur les dieux de cette terre. C'est ainsi que les premiers dieux seront chassés de leurs villes. Puis la chrétienté s'installera sur ces terres. Ainsi Dieu notre Père nous aura manifesté sa venue sans nous en avoir avertis auparavant. Les fidèles des anciens dieux sont déshonorés et la misère s'abat sur eux, nous sommes chrétiens et pourtant ces chrétiens étrangers nous traitent comme des animaux. Le cœur de Dieu doit être rempli de chagrin. En l'an 1539, à l'est, s'ouvrit la porte par laquelle Don Juan de Montejo introduisit la chrétienté en cette terre de Yucatán."

85

L'avion était plein non seulement de touristes de diverses langues, mais de paysans allant à Florès, petite ville sur une île du lac Petén-Itzá dans lequel aurait été immergée une statue à l'image du cheval de Cortés qui y serait passé en 1523. L'Espagnol aurait confié sa surprenante monture à un chef qui aurait essayé de la nourrir des mets les plus appréciés par les dieux. Le cheval mort, il aurait essayé de le remplacer par son image que l'on aurait vénérée pendant plusieurs vingténaires jusqu'à la venue de deux moines, un siècle plus tard, qui auraient brisé cette étrange idole, et l'auraient noyée. Au bout d'une heure environ, on nous annonce que les pluies récentes avaient tellement détérioré la piste de l'aéroport de Tikal qu'il était impossible d'y atterrir. L'avion n'irait donc que jusqu'à Florès. Les réservations pour Tikal seraient toutes reconduites pour le lendemain. Me voilà donc seul dans l'aéroport de Guatemala City, sans argent local, pas le moindre quetzal, sans même une adresse ou un numéro de téléphone. Je prends un taxi en lui demandant de me conduire à l'ambassade de France qu'il identifie enfin sur son guide de la ville, où on pourrait lui payer sa course. J'avais encore l'air d'un Européen assez distingué.

Tikal. Le temple du Grand Jaguar s'élève
sur une pyramide aux proportions sacrées
qui renferme dans les profondeurs de
ses neuf étages une sépulture royale.
Il était probablement le théâtre
de rites sacrificiels et sanglants.
Les dieux maya ont créé le monde de
leur sang. Pour préserver l'équilibre
de l'univers, les hommes ont eu
l'obligation de donner leur substance
divine. Cela explique l'importance
des guerres et leur rôle rituel,
la sacralisation des victimes et les
sacrifices des captifs. Lors de cérémonies
particulières, les rois s'incisaient
la langue, les lobes ou le pénis,
reproduisant ainsi le mythe fondateur.

Tikal. C'est la plus démesurée des capitales. Les archéologues ne finiront jamais
de fouiller ses milliers d'édifices, parfois superposés. Fondée vraisemblablement
au VI⁰ siècle avant J.-C., elle fut occupée sans interruption jusqu'au XII⁰ siècle.
Tikal a connu de nombreux remaniements, les influences toltèques ou olmèques.
Son apogée date de l'époque classique (V⁰ siècle). Cette ville immense (160 km²)
ne fut habitée que par quelques dizaines de milliers d'habitants. La pression
démesurée que subirent les classes productives pour réaliser cette œuvre colossale
peut expliquer sa brusque décadence (VI⁰ siècle).

Todos Santos Cuchumatán.
La répression militaire
menée par les
gouvernements
guatémaltèques entre 1975
et 1982 a surtout touché
l'Altiplano : des dizaines
de milliers de victimes
civiles, des centaines
de hameaux détruits,
des centaines de milliers
de déportés, dont une
grande partie réfugiés
au delà des frontières...

Aujourd'hui c'est la Saint-Ignace, et bientôt nous fêterons saint François d'Assise, et saint François Xavier, puis nous irons dans une autre rue pour saint Dominique, et dans une autre ville pour saint Augustin, sans oublier naturellement saint Philippe de Jésus sacrifié au Japon de l'autre côté de l'immense océan de l'autre côté du continent ; on dit maintenant martyrisé. Nos femmes n'auront pas assez de toute notre année pour broder et rapetasser tous nos haillons pour toutes ces fêtes et nous pour accumuler les quelques quetzals ou pesos indispensables, sculpter nos offrandes en bois ou ciseler celles de nos métaux d'antan, l'or et l'argent, ceux qui régnaient dans nos sanctuaires avant les âges du fer et de pétrole.

Un serviteur présente deux épines ; un autre prépare le grand vase destiné à recevoir le sang sur des papiers d'écorce de ficus imprégnés de copal et de caoutchouc pour être brûlés en l'honneur des dieux dans le temple de Bonampak. Des seigneurs assistent à ces rites avec un enfant blotti dans les bras d'une femme.

C'était avant l'essai d'installation à Iximché du quartier général de l'occupation espagnole par Pedro de Alvarado, et sa distribution des terres et des Indiens vivant dessus à ses capitaines et aux Indiens déjà quelque peu asservis venus de Mexico dans son armée.

Ils disaient, selon le Savant Devin : "Voici comment le conseil décida de ce qui devait entrer dans la chair de l'homme. Ce furent le renard, le coyote, la perruche et le corbeau qui apportèrent l'épi de maïs qui devait entrer dans la chair de l'homme. Il y eut grande réjouissance d'avoir enfin trouvé un pays excellent rempli de choses savoureuses : maïs, cacao, sapotilles, anones et autres fruits, haricots et miel, tout ce qui devait entrer dans la formation des hommes véritables. Et les premiers hommes véritables furent quatre maîtres nommés Savant de l'apparence, Savant de la nuit, Savant du trésor et Savant de la lune. Ils n'avaient pas de père et mère, ils pouvaient être eux-mêmes père et mère, ils furent les premiers des hommes d'aujourd'hui. Ils parlèrent, ils entendirent, ils décidèrent de leur chemin, ils prirent ce qui leur convenait ; ils levèrent leurs yeux et virent le monde entier, tout ce qui était jusqu'alors caché. Leur regard dépassait les forêts, les rochers, les lacs, les mers, les monts et les plaines. Et ils rendaient grâce à leurs constructeurs. "
Selon *le Livre du Conseil.*

Ces déchirures du temps à tous les étages, les Maya s'efforçaient de les recoudre en observant les mouvements des autres astres. Ils avaient établi un mois lunaire alternativement de 29 et 30 jours, ce qui donnait un total de 354 jours pour douze mois. Il manquait alors six jours pour l'année numérique, et dix ou onze pour l'année solaire. Le codex de Dresde comporte 405 notations de mois lunaires, ce qui fait à peu près 33 ans. On ne sait malheureusement pas exactement quelle est la corrélation avec notre calendrier. Il faut 300 ans pour que les deux roues lunaire et solaire retrouvent leur coïncidence. En combinant cela avec les quadrisiècles, cela nous donne une ère particulièrement significative de 1200 ans. Trois étaient déjà écoulées lors de la datation des stèles de Tikal, Copán ou Quiriga. Nous serions encore dans la quatrième.

San Juan Atitán.
Les attaques de la guérilla
ont déclenché une
escalade de violence.
A l'insurrection indienne
ont succédé tortures,
exécutions, massacres...,
œuvre macabre des
milices, des escadrons
de la mort, de l'armée
gouvernementale,
parfois d'individus isolés
animés par une vengeance
personnelle.
Rigoberta Menchú,
prix Nobel pour la paix,
a témoignagé de ces
atrocités : ses paroles
sont accablantes
(*Moi, Rigoberta Menchú*,
par Élisabeth Burgos,
Gallimard, 1983).

Todos Santos Cuchumatán. Les outrances
de la "ladinisation", les revendications égalitaires
des jeunes générations indiennes ont alimenté
les sentiments antimétis des Maya. La répulsion des
ladinos pour la part d'indien qu'ils portent en eux
et des années d'incompréhension mutuelle ont
dégénéré. Souvent la lutte antiguérilla a viré
en répression générale, *ladinos* contre Indiens.

(Pages suivantes) Todos Santos Cuchumatán.
Répressions et massacres ont toujours marqué
l'histoire indienne. Depuis les guerres
fratricides et la "réduction" de la Conquista
jusqu'aux répressions récentes, il semble que
le génocide ne finisse pas de se perpétrer.
Les champs de maïs de l'Altiplano recouvrent
d'indifférence une infinité de tombes.

Copán. La petite vallée du río Copán a accueilli
un des hauts lieux de la culture maya.
La stèle H, sculptée dans un bloc de pierre volcanique,
exhibe ses volutes baroques autour d'un personnage
féminin. Elle se dresse au centre de la Plaza Mayor,
véritable galerie de sculptures. Toutes les stèles ne sont
pas aussi bien conservées, de nombreux chefs-d'œuvre
ont subi les outrages du temps, de la nature
et des touristes qui accèdent de plus en plus nombreux
à ce site par les nouvelles routes.

Aujourd'hui la procession passe de croix en croix, de station en station du chemin de la croix, et chaque femme en ses rustiques atours lui présente un encensoir de terre vernissée dans lequel brûle du copal.

De menus paniers si décorés de laines de toutes couleurs que l'on croirait des nids d'oiseaux fabuleux, contiennent des réserves de charbon et de graines. L'enfant dans le dos s'émerveille des chants et des lumières, et toutes elles suivent de leurs sourires non seulement les images des saints, mais leurs hommes et leurs garçons qui les portent sur leurs belles épaules, délicieusement épuisés, ivres de leur effort et de leur offrande.

A environ un kilomètre au sud de l'auberge, vous atteindrez par une chaussée large d'environ 60 mètres sur une longueur de 800, construite à l'époque classique tardive sur le tracé d'une plus ancienne, le temple des Inscriptions, puis vous la reprendrez pour découvrir le bain de vapeur, le complexe G, le temple 5, l'acropole sud et le triple jeu de balle, puis la vaste pyramide aux escaliers flanquée de masques énormes et le palais des Chauves-Souris. Avant de reprendre l'avion, s'il vous reste un peu de courage, vous jetterez un coup d'œil au musée de Tikal.

C'était avant la dictature du général Porfirio Díaz, qui aboutit à la dévastation du pays par la guerre civile, et avant que l'United Fruit Company soit évincée du Guatemala.

Ils disaient, selon le Savant Devin de Chumayel : "Les sabots brûleront, le sable du bord de la mer brûlera, le nid de l'oiseau brûlera, la pierre éclatera sous la chaleur ; la famine sera le lot de ces vingt ans. C'est ainsi que parla Notre-Seigneur Dieu, le Créateur et Maître des cieux, révélation de ces vingt ans. Nul ne niera la parole de Notre-Seigneur Dieu le Fils, Seigneur du ciel et de la terre. Rien ne manquera là où le Seigneur Dieu viendra avec sa sainte chrétienté détourner de leurs actions viles ceux qui écorchent notre langue. C'est inévitable. Mais pour l'instant voici la famine ; la parole de Dieu sera la seule nourriture des savants mayas."

Arrivé à l'ambassade de France, j'explique la situation. On téléphone à celle de Mexico. Hélas, impossible de retarder mon retour d'un jour à cause du déjeuner prévu. Madame l'ambassadrice avait déjà mis au point son plan de table. Aucune considération archéologico-poétique ne pouvait prévaloir là contre. Donc on me fit visiter quelques coins de la ville, mais pas les musées alors fermés. Et le lendemain je pus participer à l'un de ces mornes repas mondains où les amphitryons s'efforcent de parler très fort pour masquer la gêne de la plupart de leurs invités. Sous mes vêtements, j'étais assez heureux de me sentir encore bleu indigo.

Depuis ce jour, j'avais le projet d'écrire un texte intitulé *Tikal, comme si j'y étais allé*. Cela fait maintenant près de dix ans.

CABAN

17ᵉ JOUR

Copán. Le temple 22
est une des merveilles
de Copán : il est décoré
d'une profusion de
sculptures aux formes
étranges et
contorsionnées.
Elles sont pour la plupart
dédiées à Chac,
dieu maya de la pluie.

Copán. Les volées de gradins de l'escalier des Jaguars
sont flanquées de masques humains au style réaliste.
L'escalier mène à l'acropole qui domine la ville,
véritable Athènes du monde maya pour ses richesses
culturelles.

(Page suivante) Sacapulas.
Les enfants ont un statut privilégié.
Comme partout ailleurs, ils sont
l'avenir, mais pour les Maya ils sont
aussi le passé, l'esprit des anciens
se manifestant par leur intermédiaire.

Aujourd'hui les pénitents se sont costumés en bédouins ou en bergers de Palestine. Ils portent le retable sur l'épaule, chacun à sa place numérotée. Leur robe est violet évêque comme s'ils étaient tous dignitaires dans l'Eglise nouvelle installée depuis un bon quadrisiècle. L'éblouissement provoqué par les personnages sacrés est tel qu'il leur faut des lunettes de soleil. Ils tiennent des crécelles métalliques dans leurs gants blancs, sauf s'ils ont le bras trop encombré par un bébé pénitent avec robe et bandeau amarante, voile et ceinture blancs eux aussi.

Douze hommes s'avancent dans le temple de Bonampak en portant une litière chargée d'un petit personnage sans doute divin. On attache les bras et les jambes d'un prisonnier, tandis que les gens de la cour assistent à la danse de dix hommes richement coiffés et parés.

C'était avant l'arrivée des dominicains, franciscains et augustins pour évangéliser les Indiens, et la transformation en église chrétienne d'un des principaux temples d'Izamal.

Ils disaient : "Mais le conseil des dieux se méfia encore des hommes, et c'est pourquoi ils leur obscurcirent quelque peu la vue et soumirent leur multiplication à leurs copulations avec leurs femmes qu'ils leur donnèrent de toute beauté, et aux pénibles accouchements de celles-ci. Ces quatre hommes primitifs avec leurs épouses sont les ancêtres de tous les Quichés ; mais le conseil des dieux fit apparaître peu à peu nombre d'autres hommes qui sont les ancêtres de tous les autres peuples. Et ils se dispersèrent loin du lieu de l'abondance, et leurs langues se séparèrent ; ils ne se comprenaient plus les uns les autres et ne savaient plus invoquer les dieux. Et certains n'avaient même pas de feu. Il n'y avait à l'origine que le feu venu de l'orage ; et l'orage lui-même éteignait parfois le feu qu'il avait donné. Alors les quatre hommes primitifs réussirent à produire du feu en frottant leurs sandales. Et les autres tribus qui périssaient de froid vinrent leur demander de leur feu mais ils ne leur donnèrent que dans la mesure où ils acceptèrent de rendre hommage au dieu de l'orage, le premier inventeur du feu. " Selon *le Livre du Conseil*.

L'observation de Vénus était beaucoup plus satisfaisante pour les astronomes maya. Ils avaient établi son cycle à 584 jours. Il suffisait alors de deux vingténaires (deux fois 7200 jours, mais deux fois 7300 si l'on ajoute les jours hors compte, en laissant de côté les années bissextiles) pour retrouver une coïncidence. La date initiale, le big bang des Maya, devait avoir été calculée à partir de ces éléments.

99

San Pedro Chenalhó. Au Mexique, la situation
des Indiens est plus favorable. Les gouvernements
révolutionnaires ont respecté l'égalité des races
et le droit à la différence. Les Tzotzil, Tzeltal
et Tojolabal ont leurs gouvernements locaux dirigés
par les conseils des *principales*.

San Pedro Chenalhó. Seules ethnies indiennes
en évolution démographique, les Indiens du Chiapas
mexicain, comme les Tzotzil, ont l'espoir de participer
activement au développement d'une société moderne
tout en préservant leur culture authentique.

Aujourd'hui les peintures ont été ravivées sur la façade jaune d'or ; les anges déploient leurs palmes, nuages et guirlande. Sur un des clochers, les haut-parleurs de la sirène, à l'intérieur de l'autre, la cloche d'antan. Le marchand de fruits, légumes et douceurs a peint sa voiture du même jaune sous la grosse toile de son auvent. Du porche obscur parviennent prières et cantiques avec des bouffées d'harmonium et de jasmin.

Pour avoir une idée de ce que pouvait être la superficie totale de Tikal, les archéologues ont commencé en 1965 à ouvrir des tranchées dans la forêt dans un rayon de 12 kilomètres autour de la place principale. On y a découvert de nombreux édifices résidentiels et des ensembles cérémoniels et administratifs. La densité de ces constructions diminue à mesure qu'on s'éloigne du centre, et l'on arrive au nord et au sud-est à des restes de murailles d'enceinte en terre. On est obligé de conclure que la ville s'étendait sur 160 kilomètres carrés. Quant à la population, les archéologues, devant les difficultés de l'agriculture et des communications dans cette région, hésitent à l'évaluer à plus de quelques dizaines de milliers.

C'était avant que les Anglais aient nommé Belize la province qu'ils occupent toujours au Guatemala, jadis Honduras britannique, et qu'on ait décidé d'installer près de sa frontière au Mexique l'immense station balnéaire de Cancún dans l'espoir d'y accueillir un million de touristes par an.

Ils disaient, selon le *Livre* du Savant Devin de Chumayel: "Le quetzal viendra, l'oiseau vert ; mais le sang et la vomissure viendront aussi. Les étrangers sont des menteurs, ce qu'ils disent est fourbe et tordu ; car ce sont des pilleurs de temples. Qui sera le devin, qui sera le savant qui saura interpréter avec justesse les paroles de cet ouvrage?"

Le programme de ma tournée mexicaine impliquait une conférence à Mérida, ce qui me permit de voir les splendides ruines de Chichén Itzá et surtout d'Uxmal choisies par le réalisateur de *la Guerre des étoiles* pour donner l'idée d'une autre planète. Je dois dans quelques semaines retourner au Mexique, mais je n'irai pas dans la région maya. Je dois faire une pointe au Guatemala à la fin de mon séjour ; sera-t-il possible cette fois d'aller pour de vrai à Tikal? Je préfère composer mon texte auparavant. Si j'ai de la chance, j'y ajouterai peut-être une note.

103

Chichicastenango.
Les masques jouent
un rôle important
dans les fêtes et
les danses. Faces pâles
et barbes blondes
désignent
les Espagnols,
"ces renards
hypocrites,
ces fils de l'homme
malhonnête,
descendus des nuages
sur leurs tapirs
de pluie, crachant
les flammes et
le tonnerre... avec
la nuit de leur cœur,
ils sont venus castrer
le soleil".

Chichicastenango. L'oratoire Pascual Abaj se trouve
dans la forêt qui surplombe le village.
Dans les fumées d'encens, encouragés par les prêtres
chuchqajau, les Indiens vénèrent avec ferveur religieuse
une grossière idole de pierre couverte de pétales
d'orchidée et de sang de poulet.

Chichicastenango.
Seuls le pastel d'un mur
et la teinte d'un bouquet
donnent cet air
romantique un peu fané
à la tristesse de l'Indien.

Chichicastenango.
Il y a très peu de routes
pour les Indiens dans
l'Altiplano,
la *Panamericana* ne sert
qu'aux étrangers.
Les villages sont reliés par
des chemins minuscules et
les mules sont l'apanage
des riches. Alors, pour
se rendre au marché
et écouler la production
hebdomadaire de haricots
ou de broderies, la famille
au grand complet suit
le père. Dos courbé, front
tendu, chapeau entre
les dents, l'homme
s'agrippe aux cordes
qui l'attachent à un
fardeau bien plus grand
et plus lourd que lui.

Chichicastenango. L'économie paysanne dépend
de l'agriculture et de l'artisanat. Mais les techniques
agricoles sont rudimentaires : les Indiens ne disposent
ni de charrues ni de moteurs, leur seul outil
est l'*azadón*, une sorte de houe. Le sol est fertile
mais les parcelles sont minuscules.

Même si le maïs local, bleu, blanc et jaune
est incomparablement plus savoureux que celui
qui pousse dans nos régions, les récoltes sont largement
insuffisantes. Une grande partie de la population
souffre de malnutrition chronique. Pour survivre
les paysans louent leurs services aux haciendas
pour la cueillette du café.

Chichicastenango.
Les jours de marché, le
petit *pueblo* est envahi
par une foule de
paysans, d'artisans
et de marchands qui
convergent vers la place.
Une foule bigarrée
échange les marchandises :
tortillas salées et bouillies
de maïs fumantes,
haricots, oignons, porcs,
volailles, fruits et
sucreries, fleurs *cartucho,*
broderies, *huipiles,* sacs,
ceintures et chaussures
en cuir, bijoux de jade
et d'argent, masques,
poteries...

Aujourd'hui les conquérants avec leurs moustaches et panaches, leurs boucliers faits de couvercles de marmite et leurs bâtons. Au moins s'ils nous ont vaincus, exterminés, s'ils nous ont inoculé le venin de leur détestable religion véritable à laquelle nous sommes sans doute les seuls à nous accrocher, il faut qu'ils aient été splendides, avec des franges, des boutons de nacre, de l'or, des plumes et broderies partout. Ce ne peut être devant leurs armes qu'on a dû s'incliner, encore moins devant leurs arguments ; mieux que devant les maladies qu'ils propageaient, nous voulons croire que nous avons cédé devant leur luxe, leur imagination vestimentaire, leur prodigieux exotisme d'outre-océan, dont ils ne manifestent plus que de pauvres traces, que nous seuls sommes capables de leur faire imaginer avec nos déguisements de fortune, de leur faire quelque peu retrouver aujourd'hui.

Les Indiens Lacandons, qui célébraient encore leurs cérémonies dans le temple de Bonampak, vivent dans des villages de quelques cases rectangulaires rarement divisées par des cloisons, meublées d'un ou plusieurs hamacs, avec un toit de palmes à deux versants, autour d'un ou deux temples chaumières. Ils cultivent le maïs avec un bâton fouisseur comme les Maya d'autrefois, épuisent rapidement leurs champs, et doivent en défricher d'autres parfois assez loin de leur lieu d'habitation qu'ils déplacent lorsque les distances sont devenues trop longues. Nullement christianisés, ils ont des cérémonies mal connues dans lesquelles les ethnologues espèrent retrouver quelques traces de la religion des anciens.

C'était avant que soit construit le monastère franciscain d'Izamal avec son sanctuaire de la Vierge miraculeuse et que le tribunal de la Sainte Inquisition soit institué à Mexico.

Ils disaient : "Nos conseillers connaissent *le Livre du Conseil*. Grandes étaient leur existence, leurs cérémonies, grands leurs jeûnes, leurs sacrifices, leurs édifices, leurs pouvoirs. Et voici leurs demandes aux dieux, le gémissement de leurs cœurs : 'Salut, beauté du jour, grands maîtres, esprits du ciel et de la terre, donneurs du jaune et du vert, donneurs de filles et de fils. Tournez-vous vers nous, répandez sur nous le vert et le jaune, donnez l'existence à nos fils et filles pour qu'ils vous invoquent sur les chemins, au bord des rivières, dans les ravins, sous les arbres et leurs lianes, et donnez-leur des fils et des filles. Evitez-leur malheur, infortune et mensonge. Qu'ils ne tombent pas, ne se blessent pas, ne se déchirent pas, ne se brûlent pas. Que leurs voyages soient heureux pour l'aller comme pour le retour. Levez les obstacles et les dangers, donnez-leur des chemins verts et jaunes ; que votre puissance soit bienveillance tant que reviendra l'aube sur la descendance de notre peuple dans les quadrisiècles des quadrisiècles, et ceci malgré les menaces que nous sentons peser sur nous.' Ainsi s'exprimaient-ils selon ce qu'en rapporte notre *Livre du Conseil*, ombre du livre disparu."

113

On ne peut éviter de penser à un vingténaire de quadrisiècles, une période par conséquent de 8000 ans. Les Maya l'appelaient "pictun". Les grandes stèles de l'époque classique se situeraient à la fin de sa première moitié. Dans quelque 3500 ans, nous devrions retourner au zéro, notre monde se renouveler dans quelque cataclysme et passer à un autre niveau. En outre, les jours entraient dans un système de 13 qui tournait autour des mois de 20 jours. Il suffisait alors de donner les doubles chiffres d'une journée (à l'intérieur du mois numérique de 20 et du mois divinatoire de 13) pour préciser une date sans avoir besoin d'en dire davantage, à l'intérieur d'un cycle de 52 ans. On voit que huit cycles formaient un quadrisiècle à 16 années près, ce qui devait provoquer des perturbations et angoisses comparables à celles des cinq ou quatre journées hors comptes ajoutées à l'année numérale, pour retrouver celle du soleil. Et les Maya avaient au moins des noms pour désigner 20 pictun, soit 160 000 ans : "calabtun" et le multiple par 20 de celui-ci, soit "kinchiltun" ou 3 200 000 ans. Que d'engloutissements et resurgissements de mondes et de dieux.

Nahualá.L'avenir des Indiens et de tout le Guatemala passe par le règlement de la question agraire.
Comme dans beaucoup de pays d'Amérique latine, la terre appartient à une minorité. Ces grands propriétaires sont les maîtres du pays. Ils contrôlent le commerce extérieur et presque la totalité du marché de l'emploi. Un processus d'endettement progressif maintient la main-d'œuvre indienne dans un état de semi-esclavagisme, au mieux de dépendance.

Cette situation alimente un cercle vicieux de révoltes et de répressions sanglantes. L'oligarchie guatémaltèque, soutenue par les multinationales "bananières", a fait échouer les tentatives de transformation. La démographie galopante et les revendications politiques indiennes rendent urgente et inévitable la redistribution des terres.
Jusqu'à présent, la démesure des forces en présence a laissé ce problème irrésolu.

Réponse des photographiés
pour Marco De Jaegher

Venu de ton plat pays venteux de l'autre côté de la mer
les yeux écarquillés dans notre soleil moite
devant nos montagnes neigeuses cracheuses
de fumées et flammes nos plaines à bananiers
et nos plateaux couverts de forêts à jaguars

Bien sûr comme les archéologues et les touristes
qui nous frôlent sans presque nous voir
tu fais tinter le déclic de ton œil à mémoire
devant nos stèles et pyramides ancestrales
ou le long nez crochu du vain dieu de la pluie

Mais tu te faufiles aussi dans les rues les plus pauvres
de nos faubourgs et villages à la recherche
d'une rumeur de fête avec intensité de dévotion
et de superstition qui ranime en les illuminant
les fantômes de ton enfance déchirée comme la nôtre

Guettant la couleur et la douceur
la vivacité du geste mais aussi le goût des repas
et l'odeur avec la pulsation des cœurs et tambours
tout ce qui ne peut s'inscrire sur ta pellicule
que par les ruses les plus détournées et patientes

Mimétique tu te mêles à notre foule
tu te glisses caméléon le long de nos murs
cherchant partout l'anneau pour te rendre invisible
afin de ne rien perturber de notre rite
et de notre intimité qui t'attire

Or il se fait que tu deviens pour nous non pas
comme l'un d'entre nous mais comme
un de nos murs ou de nos arbres et bientôt
nous t'accordons la même inattention qu'à eux
ton visage est le masque de leurs plâtres ou feuillages

C'est comme si c'était eux qui nous regardaient
à travers tes yeux qui se creusent
jusqu'à l'autre côté du décor de notre obstination
et bientôt c'est nous qui nous regardons furtivement
au travers de leurs orbites percées par les tiennes

Donc ce n'est plus tout à fait notre rite
tel qu'il était ni vraiment notre intimité
mais c'est leur transfiguration
en interrogation et protestation
la guérison du siècle en un soleil nouveau

Avec l'aimable collaboration
de la Lufthansa et Leica

Leica

Imprimé en Belgique par Casterman, s.a., Tournai.
Dépôt légal : avril 1993; D.1993/0053/96.